海风轻飏

郑晓晖
著

中國華僑出版社
北京

图书在版编目（CIP）数据

海风轻飏 / 郑晓晖著. -- 北京 : 中国华侨出版社,
2022.1
ISBN 978-7-5113-8567-3

Ⅰ. ①海… Ⅱ. ①郑… Ⅲ. ①散文集—中国—当代
Ⅳ. ①I267

中国版本图书馆CIP数据核字(2021)第131487号

海风轻飏

著　　者：郑晓晖
责任编辑：滕　森
封面设计：悟阅文化
美术编辑：悟阅文化
经　　销：新华书店
开　　本：787mm×1092mm　1/16　印张：15.5　字数：238千字
印　　刷：三河市嵩川印刷有限公司
版　　次：2022年1月第1版　2022年1月第1次印刷
书　　号：ISBN 978-7-5113-8567-3
定　　价：69.80元

中国华侨出版社　北京市朝阳区西坝河东里77号楼底商5号　邮编：100028
法律顾问：陈鹰律师事务所
发 行 部：（010）58815874　传　真：（010）58815857
网　　址：www.oveaschin.com　E-mail：oveaschin@sina.com

出版说明

湛江市坡头区建区三十多年来，在历届区委区政府的正确领导下，文艺事业不断发展，文艺队伍不断壮大，创作水平不断提高，出现了一批有影响的作者、作品。特别是新一届区委区政府成立以来，区委区政府的主要领导认真贯彻落实习近平总书记在全国文艺工作座谈会上的讲话精神，加强了对文艺工作的领导，从人力物力上大力支持文艺工作，使我区文艺创作出现了空前繁荣的景象，出了一大批较有质量的作品，在全市范围内产生了积极的影响，受到了上级领导和各界的好评。

为了展示我区文艺创作的成果，激励我区广大文艺工作者积极开展文艺创作，为人民提供更多更好的精神食粮，把我区建设成为一个文化强区，我们决定出版“湛江市坡头区文艺作品系列丛书”。

编辑出版“湛江市坡头区文艺作品系列丛书”是一项浩繁的工作，为了把这项工作做好，使“丛书”在我区社会发展和精神文明建设中真正发挥其应有作用，我们成立了专家组，认真把好入选丛书的作品质量关，同时认真做好出版计划，让更多的优秀作品尽快面世。也同时诚恳希望有关专家给予指导和帮助。

湛江市坡头区文学艺术界联合会

序

曹南才

在浩瀚的南海之滨，在雷州半岛的腰间，有一个颇有名气的海湾，叫作“湛江湾”。历史上，曾经叫过“广州湾”。大大小小的岛屿，像大大小小的珍珠，安静地嵌在月牙形的海湾里，仿佛一幅美丽的图画；又像大大小小的雏鸟，休闲地伏在怀抱状的海湾里，仿佛一个安乐的巢穴。在这些岛屿中，有一座特别显目的，叫“南三岛”。我们这本书的作者郑晓晖，就是在这里出生和成长的。

我小时候也是在“湛江湾”出生和长大的，不过我是在海湾的陆地这一边，与南三岛隔海相望。我和郑晓晖中学时已经是校友，我读高中，他读初中，隔了好几届，所以那时候并不认识。只是前些年，我们都进入了晚年，才由于共同的文学与书法爱好，而偶然相识，接着成了相知，后来相好。频频的书信（包括信息）往来、难得的一席谈话，竟令我们大有相见恨晚的感觉。

我虽然在湛江市长大，但遗憾的是，还没去过南三岛。早听说这是一座十分温柔、秀丽的海岛，是滋润人、养育人的胜地。现在是印证了。郑晓晖的成长，就是这个海岛的功德。南三岛面对浩渺的大海，湛江湾的海风夹带着湿润、暖和、咸腥的味道，给海岛灌满了一种特别的养料，让人和万物自由舒畅地成长。这正如晓晖所说的：“四周波涛不舍昼夜，滔滔滚滚；海风东南西北，四时轻飏。从来到这个人间，我就享受了海风的爱抚与恩赐。海风伴我走过了童真，滋润我长大。”海风是那么活泼乐观、那么善解人意、那么多情有爱、那么公正无私、那么勤劳勇敢。海风轻飏，就像母亲的手在呵护着婴儿，让晓晖健康地成长起来。

晓晖一辈子都没有离开大海，他读书和工作的地方，都在海湾的岸边。在海风的不断吹拂下，他逐渐成长起来，到了海湾的另一片陆地的中学当了老师，后又当上了中学校长。

海风给予了他恩赐，他没有忘记海风的恩德，他以优异的教学成绩回赠了海风，他以培养了一代代优秀学子回赠了家乡。而现在，这本沉甸甸的作品《海风轻飏》，也就是他敬赠家乡的最珍贵的特殊礼物。

他在书中，以最浓烈的感情抒发了对家乡的热爱，以瑰丽的笔调表达了对家乡的赞美。家乡的一草一木、一沙一石、一砖一瓦，都成了他永远不能忘怀的倩影，成了他讴歌的对象；而更使他钟情的，使他终生萦怀于身的，毕竟还是海，是一辈子伴随着他的海：海水、海风、海滩、海沙、海浪、海潮、海鱼。于是，发生在身边的一点一滴的故事，就像生活的浪花，在书中慢慢地飘洒着。在浪花里，我们看到，有从小给母亲背着走过的艰难的路，有老家的奇特的神话传说，有或撒网或垂钓或采海的村民之乐，有驾帆远航顺风飞驰逆水折行的体验……

是大海孕育了晓晖，也是大海拓宽了他的心胸和视野。他从家乡走出来，到了所在的区工作。他的笔触也扩宽了。“广州湾”是一个曾经很淳朴却被殖民主义者所污浊的名字，后来在民族解放的炮声中回归了祖国，恢复了真貌。生活在这里的他真切感受了这段历史，因此，他在书中热情地歌颂湾区在新的时代尤其是改革开放时代的深刻变化。“南三岛”这颗曾经蒙尘的珍珠，在时代风雨的刷洗下终于重新绽放了光彩。他对“南三岛”的变化感受尤为强烈。通过对家乡和所在区、市以及任教的中学的发展，发由心声地抒发着对祖国的深情，对生活的热爱，对时代的向往，就是本书的最强音。

由于生活在海边，成长在民间的土壤中，晓晖的文风和他的人品一样，充满了纯净、平实、温厚。他的散文往往善于在生活中撷取一点灵感，或通过生活中的一件小事，慢慢阐发开，如话家常，娓娓道来，最后引悟出一个蕴含着哲理的思想，升华到一个发人深思的主题。晓晖的文字相当优美，用词相当丰富。文如流水行云，一气呵成，读后令人爱不释手。有如品一杯清冽的香茶，余味无穷；又如听一首悠扬的乐曲，余音绕梁。至于每一篇写得如何精彩，由于我不是专业的文学评论和文学教学者，所以似乎还没有能力做出充分和准确的点评。另外，我觉得也无须在此更多地渲染，留一点悬念，作为引言，好让读者自个儿去漫游其中，各取所需，领略快感。

这里顺便说一个话题，和晓晖接触后，才发现海湾尤其是晓晖所在的坡头区，不但是孕育生机推动经济的佳地，而且是文学艺术发展的肥沃的土壤。这固然有区领导十分重视文化发展的原因，应该也与重学识礼的历史传统有关。这里学风浓浓，人才济济。晓晖不但文章写得好，书法也是一流。在他的介绍下，更知道这里竟有众多的“农民书法家”。他们的作品，都是与名家们不相上下的精品，令人叹为观止。这也见证了坡头区乡土文化发展的根深叶茂、枝壮果累。

晓晖嘱我为他的新作写一个序，我颇诚惶诚恐。但恭敬不如从命。于是拟了这读后感，权当交稿。还不知道够不够格呢。

（作者为广东省作家协会会员、广东省委原副秘书长）

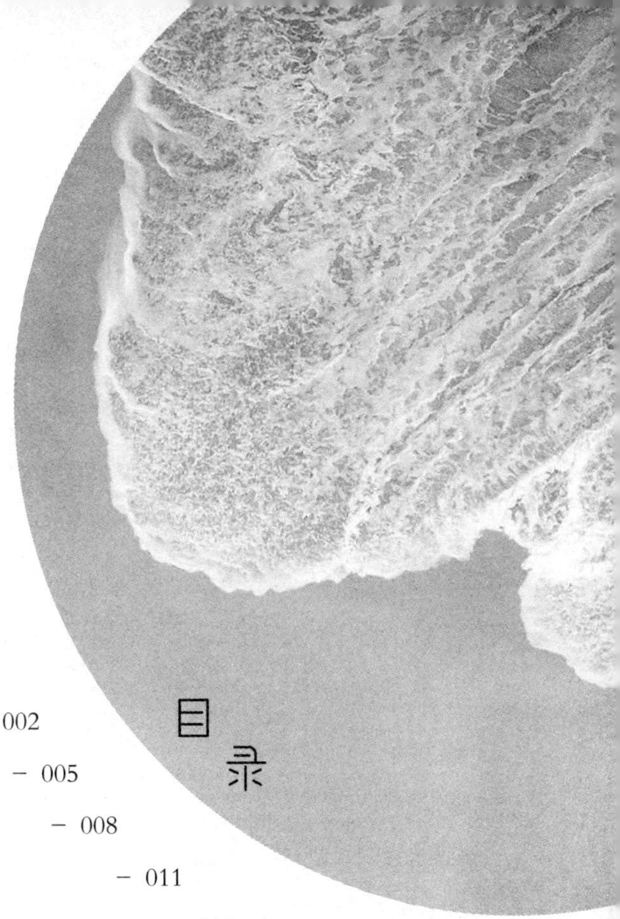

CONTENTS 目录

家乡小记

景物剪影

文化光斑

海滨
絮语

海风轻飏

我的家乡是个海岛，四周波涛不舍昼夜，滔滔滚滚；海风东南西北，四时轻飏。从来到这个人间，我就享受了海风的爱抚与恩赐。海风伴我走过了童真，滋润我长大。虽然它送我走出了海岛，但我从来没有离开过它的怀抱。

读中学的岁月，我经常沐浴着柔柔的海风，让琅琅的书声飘荡在海滨公园。我工作的地方，也是几十年来安家之处，围墙外就是蓝色的海湾，海浪轻轻地拍打着岸堤，涛声声声入耳；海风常年轻轻地吹，和我相依相伴。海风吹绿了荒地上我种下的树木，也吹白了我满头的青丝。海风呀，我知道你的勤奋，熟悉你的味道，了解你的秉性，更感恩你的滋润。

我家就在海岸上，海风自然就是常客，天天殷勤地不请自到。清晨，它唤醒我迎来第一缕阳光，让我感到满世界都是新的，从而精神抖擞地上班去；傍晚，它伴着我送走满天彩霞，回到温暖的家，享受天伦之乐；夜晚，它拥着我看月圆月缺，星辰闪烁，引起无尽的遐想。

海风的味道我是那么熟悉。它带有些许淡淡的咸，似乎还有一点儿腥味，它就像给我平凡的生活添加了点盐，没有它，就觉得日子有点平淡，欠点味儿，以致到平原山区去旅游公干，感觉旅途中似乎少了点什么东西，淡淡的，有点不适应。月是故乡明，难道风也是居处好吗？

海风多么活泼乐观呀，它似乎从来就没有忧愁过，而是每天都在快乐地歌唱。你看到了吗？听到了吗？那浪花簇簇，是它的笑靥；那海浪哗哗，是它们在高声合唱；那树叶儿簌簌作响，是它们在弹琴低吟。海风就像个欢乐的小顽童，从海面欢快地跑上来，掀掀你的头发，揉揉你的脸蛋，扯扯你的衣角，也荡漾了我的心海。听着海风快乐的声音，我陶醉了，心情为之欢畅，日子过得舒畅。

海风是那样善解人意，知凉知热，尽心尽力，充满着关爱。“赤日炎炎似火烧”的季节，西南风越过高原，越过山地，夹着热浪，涌向大海，向我们扑来。这时，大海将炎热的高原山地之风变成清凉的海风。海风轻轻地吹，吹过了树林，吹进了窗户，把清凉送给千家万户，让人们享受着惬意的凉爽。“北风其凉，雨雪其雱”，一阵阵寒流南下，肆无忌惮地从海上滚过。大海又无私地用热情融化冰冻，让海风带着关爱，带着温暖，来到岸上，使树叶儿照样翠绿，田野里依然泛青，小鸟儿悠然歌唱，寒冬里的海风让我们感到了丝丝温暖。

海风多情，它如少女般亲吻着山坡、田野、树林、庄稼，亲吻着男女老少。它吻过芸芸众生，人们就感到里里外外一片舒畅，心中一片滋润，日子自然红红火火；它吻过红树林，林子一片翠绿，海防卫士就变得更加坚强；它吻过稻田，稻穗就变得金灿灿，丰收的歌儿就响起来；它吻过花园，花儿就瞬间绽放美丽的笑脸，人间就多了一份精彩。万千生灵，享受着海风的恩赐，萌芽，生长，茁壮成长。

海风公正无私，它毫无保留地把一切都送给人们，送给大地。它不多给谁一点，也不少给谁一分。它钻进了每一间房子，它填满了每一个角落，它荡漾在每个人之间。我们享受着它的惠泽，感激着它的恩赐，珍惜着这一份幸福。

海风是勤劳的，它不知疲倦地润泽着人间。它没有上班下班之分，也没有工作与放假之别，没日没夜，无休无止，有一分力，就送一分风，有一分钟，就工作六十秒。它忙碌着，努力着，贡献着。

我认识海风，了解海风，得益于海风，感恩海风，膜拜海风，赞美海风！

海风还在柔柔地吹，吹开了山野上朵朵鲜花，吹熟了我家后面田野里的稻子，吹暖了南国的冬天，吹红了如彤云般的木棉。

我写不出赞美海风的诗章，唱不出歌颂海风的歌儿。我想发给它一张大大的奖状，但找不到可以印刷这么大奖状的印刷厂；我想送给它一个美丽的花环，但无从挂在海风的身上。

我想，还是算了吧。海风绝不因为少一张奖状而少干一分钟的活，也不因为没评上劳动模范而彷徨不前。这，就是海风坦坦荡荡的伟大之处。

海风轻飏，就像母亲的手在呵护着婴儿。我爱海风，我高声地赞美海风！

那一缕缕时光

晚霞染红天际的云朵，海湾闪着金色的波光，我像往常那样，到学校运动场散步。那里早有一群年轻的妈妈老师带着小孩在沙池玩沙，在绿草地上追逐，在跑道上骑童车，多快乐啊。一位我曾教过的老师带着小孩跟我打招呼，闲聊中问我退休几年了，我说十年了。他说，好快啊！我说，是呀，你的小孩都这么大了。

真的是好快呀！就好像早上的太阳一下子落到西山，退休的人似乎觉得日子过得特别快。闲工夫多了，散步买菜多了，因而最早看到春光洒在花蕊上，花儿明媚得很，上班的时候，似乎没发现花儿这么漂亮呢。慢慢地走在大街上，每天碰到的老熟人好像多了，免不了要寒暄几句。这不，聊着聊着，街道两边的桃花芯的叶子纷纷扬扬地落下来，地面一片金黄，踩上去“咔嚓咔嚓”作响，这时猛然想到，怎么？到夏天了，难怪有点热了。公园是夏日的好去处，大树下，海湾边，风儿知冷知热地偎进胸怀，多惬意呀，还有那海鸥在海面的浪尖上鸣叫呢。看着看着，有一天，天上的鸟儿排成了一个“人”字。哦，秋天就到啦？快添件衣服吧，大雁来了，冬天还远吗？啊，日子变得短了，太阳从东南面斜斜地落下去。时间过得真快！回家照照镜子，头发似乎又添了几根白的。“夕阳无限好，只是近黄昏”，时光的快速流走，是不是黄昏时候最容易感受到？心有点怅然。

是的，小时候我们感觉不到时光的快速流逝，甚至还觉得时间过得好慢。不知愁滋味的我们，感觉时光是多么美好呀。听着竹林里斑鸠在悠闲地“咕咕”，看着刚冒出来的尖尖的春笋似乎“簌簌”有声，心里就说，日子快点儿过呀，让我快快长高长大。望着清明时节燕子在水田上面掠过，我们就惦记着端午的粽子；看着水缸里浮着的“牛头”“鸭子”，我们就开始憧憬着春节的新衣服和那少少的压岁钱。日子最慢的要数农历的二月、八月了，那是青黄不接的时候。那时，水田水汪汪的，就像一面面空空的镜子，还没播种呢。家里米缸是空的，我们的肚子也经常是空空的。人们盼着播种，盼着插秧，盼着绿苗长高变黄，盼着尽快吃上一碗“新禾米饭”。这个“盼”字好长好长。但阳光一早就照得你浑身是汗，太阳慢吞吞地在天上踱着步子，迟迟不肯下山。我瘦瘦的，小小的，好像总长不大的样子。傍晚的阳光把我的身影拉得老长老长，时间也像身影一样，显得好长好长。

读书了，熬过了小学考上了初中，挑着番薯干粮，走了十几里路，坐着帆船慢悠悠地渡过了几里宽的海峡，花上大半天时间才去到学校，这求学的路好漫长。

看看眼前，运动场上，孩子们玩得多投入呀。不知他们的心境是否和我当年的一样，觉得时光过得好慢？我想，不一样吧，很有可能，他们的心境和我现在的一样，虽然已是晚霞满天，可妈妈拉他们回去吃晚饭，他们还不太愿意呢。他们生活在幸福的日子里，无忧无愁，不知道什么是饥饿，什么是寒冷，快乐的时光总是过得好快，他们也许希望这日子悠悠地过去吧。

几十年前，我好不容易跳出了农门，捧上“铁饭碗”，那种满足，那种幸福，难于言表。那时，虽然待遇不高，但我们的干劲很高，上完课回来就是备课，批改作业，和学生谈话，不懂得歌舞厅，没进过电影院，每天都觉得时间不够用，我们在紧张的工作中获得快乐和幸福。我们珍惜着那美好的时光，我们不想虚度那快快流逝的日子，我们要让那宝贵的时间变得十分充实。

我们也有觉得时间过得太慢的时候，那是每年高考之后的漫长等待，就好像从春盼到秋，盼着金色的稻谷铺满田野，盼着雪白的棉花连着天上的白云。时不时学生和家长的电话询问，帮助我度过漫长的时光。当火红的喜报贴上墙，我的心就释然了，觉得周围一切都是美好的。我多么希望这美好的时刻再延长一点儿。

人的一生，就像自然界的春夏秋冬一样，有繁花似锦，也有雾霾漫天；有风和日丽，也有风狂雨暴；有五谷丰登，也有颗粒无收。因此，它会造就我们的喜悦或悲伤，成功或失败。但每一寸时光都是我们生命的组成部分，不管你觉得是快乐的，还是痛苦的，是短暂的，还是漫长的。这生命的春夏秋冬的长度，是你无法选择的，因此，你要珍惜每一寸光阴，不因痛苦而放弃，不因漫长而虚度，不因高兴而浪费。在人生的春夏秋冬里，我们要勤浇水，多施肥，精耕细作，除草杀虫，让花儿朵朵怒放，让树木枝繁叶茂，让五谷粒粒饱满，让仓库装满米粮。总之，我们要让每一寸光阴都是那么充实，从而增加我们生命的宽度。

朝阳东升，霞光彤红，多么令人精神振奋；金乌西回，晚霞满天，也足够让人喜悦，因为每一缕时光都是金色的，我们舍得放弃哪怕一寸光阴吗？

南国的晚秋

暮秋时节，一位北方的文友来微信说，她那里已是天寒地冻，要穿厚大衣了，嘱我多保重。殷殷之情，尽见微信。读着微信，再看看南国港城的绿水青山，我不由得从心里冒出一句：南国的晚秋真好！

读着友人的微信，我不难想象得到，北国的晚秋，已是山寒水瘦，遍地凝霜。我似乎听得到街头巷尾那沙沙的落叶声响。树上的叶子掉得差不多了，大衣披在了人们的身上，最北的地方该飘起雪花了吧？“秋风萧瑟天气凉，草木摇落露为霜。群燕辞归鹄南翔……”这是曹丕的诗句，不知写的是不是北方晚秋的景色？

南国的晚秋完全不是这样。山还是那么青，海还是那么蓝，树还是那么绿，花还是那么艳。街上的行人穿着打扮更是争奇斗艳，五彩缤纷，长袖短裤，花裙彩衣，分不清是哪个季节的服装。我们校园里，围墙边的小叶紫薇花谢了，大叶紫薇的花也离开了枝头，但那一棵棵簕杜鹃花儿正开得来劲，只见花红似火，绿叶相衬，打眼得很。白里带青的盆架子花哟，一簇一簇的，缀满了枝头，浓郁的香味，溢满了校园的每一个角落。学生们像花儿一般在艳阳下奔跳歌唱。南国的晚秋依然多姿多彩，生机勃勃，“不似春光，胜似春光”。

南国的晚秋因地利固然比北国的晚秋来得色彩斑斓，十分可爱。然则，和其他季节相比，南国的晚秋也更令我喜欢。

南国的春天当然是可爱的。嫩芽缀枝头，鲜花遍地开，欣欣然，一切都好像是新的。然而，杨柳风微微吹来，还是带着一些寒意，人们还不能完全脱下身上的冬衣，一些束缚还存留在人的意识里。更有那浓浓的雾气，穿堂入室，墙上，床上，湿湿的，让人很不爽；它又遮天蔽日，迷江锁海，清明前都难以见到艳阳。

南国的夏天生机勃勃，热情奔放，硕果累累，甜甜蜜蜜，让人充满欲望。但盛夏里，过分的热情令人难以招架，人们喝着冰镇的啤酒也依然汗流浃背。老天有时脾气挺大的，说着说着，就乌云滚涌，满脸怒色，电闪雷鸣，劈头盖脸地就下起暴雨来，弄得躲避不及的你像个落汤鸡，狼狈得很。更有甚者，大雨连日不停地下，还会造成“江河横溢，人或为鱼鳖”。

南国的秋天，那是一个收获的季节，阳光照射在田野上，满眼都是金色的，让人喜悦，令人陶醉。初秋时节就像个小姑娘，变得内敛而温顺起来。有时还显得多愁善感，那淅淅沥沥的秋雨就像小姑娘的眼泪，细细的，密密的，凉凉的，日日夜夜，缠缠绵绵，令人生厌。

南国的冬天，虽不见冰天雪地，却也水瘦山寒。草儿枯黄了，苦楝树、枇杷树、凤凰树等不少的树木掉光了叶子，光秃秃的枝条在寒风中摇曳，冷风嗖嗖，这多多少少给人一种冷酷的感觉。

南国的晚秋啊，有春的艳丽而没有春的湿腻；有夏的热情而没有夏的暴躁。那初秋的缠绵、寒冬的冷酷，更与晚秋不沾边。

明艳、干爽、温暖、明快，这就是南国晚秋的主色调。

晚秋时节，太阳有点慵懒，比起夏季，它起来得有点晚。可能自己也觉得起晚了吧，太阳一露脸就清清爽爽的，无遮无掩地把朝晖撒在大地上。雾时，花草、树木、房子也就全是光亮光亮的，花儿似乎特别明丽。傍晚，太阳偷懒似的，早早就向西山走去，红红的脸蛋将要隐没的时候，还留下满天的彩霞。晚秋时节的天空，似乎好高好高，也好像很蓝很蓝，无垠的天空就像用水洗过一般。蓝天下的海湾也变蓝了，海水显得澄清，观海长廊堤外的碧波中，鱼儿也清晰可见。以蓝天做背景的海鸥矫健的身姿就显得格外清晰。没有春雾的烦人，没有酷暑的煎熬，没有初秋雨丝的缠绕，没有寒冬的冷酷，道路、广场、花园显得那么干爽，那么利落，那么温馨，那么透亮。老爷爷、老奶奶带着孙儿，不分早午晚地出来溜达溜达。从房子里出来走动的人多了，遮阳挡雨的伞少了，时时都可以晒太阳，真是一种享受。处身于这美好的时光里，人们没有束缚，少了负担，干脆利落，清清爽爽，澄明透亮。多好的晚秋呀！

沐浴在南国晚秋温暖的阳光里，我不禁想到人生的际遇，岁月的晚秋。

我们曾赏过春天的鲜花和遇过雾气的迷蒙，曾有过夏天的激情和受过风雨的洗礼，刚刚过去的初秋中秋，我们也收获了丰硕的果实。当岁月的车轮走到了晚秋的时节，阳光给我们温暖，风雨识趣地离去，花木也已删繁就简，天空更加晴朗明净，夕阳正为霞满天。天公作美，晚秋怡人。因此我劝世人，晚秋无限好，珍惜复珍惜！

不老的岁月不老的心

春花秋月，夏雨冬雪，循环往复，岁月静好。岁月里，要有春的艳丽，也要有夏的繁荣；要有秋的丰硕，也要有冬的隐忍。冬去春来，变的是时序，不老的是岁月。

我们每个人，光溜溜一无所有地来到这个世界上，我们拥有像春天般的美好，夏天般的热烈，秋天般的丰富，冬天般的积蓄，最后也不带丁点儿东西离开这个世界。生老病死，人生规律，在这过程中，我们为何不也像静好的岁月那样，变的是容颜，不老的是一颗初心？

每个人都会变老，这当然指的是生理的，虽然这个过程比较缓慢。当镜子中出现了几根白发，额头上悄悄爬上了几道皱纹，有些人就开始恐慌了，大声喊道：“哎呀，老了！”于是，越来越多地光顾化妆品商店，也就更加注意穿着打扮了。特别是退休一族，更是“老”字不离口，以老者自居，终日无所事事，心理上早早进入暮年。

容颜会老，这是不可阻挡的客观规律。哪怕最贵的化妆品，也遮不住你脸上的皱纹，最名牌的衣服，也掩饰不了岁月的沧桑，灵丹妙药，也留不住老去的脚步。其实，一些人那么注重“老”，是因为他们的心先老。心老了，才容易发现容颜老。发现容颜老了，就害怕别人嫌弃，遭社会淘汰，于是整天想着办法掩盖老，甩掉老，企图让自己生理上永远年轻。

容颜会老，这是自然现象，世上没有永远年轻的人。但是，岁月这把杀猪刀，只能在人的颜容上刻上岁月的年轮，决不能在人的心上描上苍老的皱纹。给心蒙上皱纹的，只能是自己。因此，我们对待人生，不但要注意维护容颜的美好，更要保持心态的年轻。容颜的衰老，只是人生理变化的现象；心态的年轻，则是人精神力量的本质，人应该永远具有一颗年轻的心。人心态年轻，就不会在意脸上的皱纹、头上的白发，就会保持年轻人的思维、心态和快乐的情绪，就会一如既往地朝着既定的目标，做好自己应该做的事情。

在湛江市老干部大学诗词普通班里，有那么一群白发苍苍的人，他们中有当过校长的，也有当过医生、教授、工程师的，每天上课，他们拄着拐杖，提前来到教室，像小学生那样规规矩矩地坐在座位上，认认真真地听比他们年轻的老师上课，平平仄仄地作起诗歌来。他们没有觉得自己老，他们按照自己的愿望，做着自己想做的事情，比年轻人更积极地在报刊上发表着自己的作品。从他们的作品中，你看不出他们是一批七八十岁的老人，即使是知情者，也佩服他们具有一颗年轻的心，认为他们是一批“老顽童”。

在历史的长河中，人的一生本就短暂，我们不应过早地认为自己已老而折损心理寿命，应珍惜生命的长度，增加生命的宽度，在每一天有限的时间里，做些有意义的事情，不应在浑浑噩噩中耗费宝贵的时光。人的生命之所以珍贵，是因为它懂得生命的真谛，理解生命的意义。我们要放飞自己年轻的心，用心、用梦、用理想去飞翔，让人生如朝阳一般灿烂、像火焰一般热烈、似鲜花一般艳丽。

时间能磨掉人的躯体，但磨灭不了人的精神。我们做不到长生不老，但可以在有限的时间里像昙花那样灿烂展现。只要我心不老，生命的每一分每一秒都是有意义的。请珍惜生命的分分秒秒，美好地在世上潇洒走一回。

海湾弯弯

我的家乡原是由 10 个小岛组成的群岛。有人说，它是四海龙王遨游南海时遗落的 10 颗明珠；有人说，它是千万年前地壳运动的产物；也有人说，它是南海和鉴江共育的一群娇儿。海水拥抱着各个海岛，岛与岛之间就是一个个海湾。千百年来，岁月的刻刀，把弯弯的海湾刻出了不同的模样。

海湾连着海湾，湾湾都连着大海。它给予人们舟楫之便，也给人们提供生存之利。

弯弯的海湾，潮起潮落，碧波荡漾，一直荡漾到村子神庙前的大榕树下，一张张白帆在村前的海湾上来来往往。船儿乘着风儿，犁开雪白的浪花，摇呀摇的，往城里，上广州，下海南……那船呀，就像城里的汽车、陆上的骏马，让人走向四面八方。小时候，听父亲说，那时，村里的船儿就是在榕树下启航。船儿归来了，就停泊在大榕树下，上了岸，把缆绳往榕树根上一拴，就回家了。

海水荡满两岸，村民们或撒网，或垂钓，打上鱼儿换米粮。退潮了，滩涂裸露出来，小鱼小虾在那里蹦跳，小蟛蜞从洞里爬出爬入，小螺、沙虫、泥丁，隐藏在黑黑的海泥下面，只留下它们不易察觉的足迹。采海的人来了，辨认着螺迹“虫”迹，用双手细细地挖，用锄头快快地翻，收获着这些小不点儿，放进背后的小箩筐里。这些小海产，就是家里人的口粮。在父辈那个落后的农耕时代，海湾弯弯，养活了多少百姓？

海湾弯弯，在造福百姓的同时，也给升斗小民造成了多少不便，甚至生命的危险和财产的损失？

小时候，母亲背着我到外婆家，要涉过3个湾湾。要探望在城里工作的父亲，就要先坐船渡过一个一里多宽的小海湾，再坐船渡过几公里宽的大海湾。每次天没亮，我们就出发，走啊走，一个多钟头才走到小渡口；摇呀摇，船儿才载着我们过到彼埠头；再走上约3公里的路，才又涉水登上大木船。等到坐满了客，船家才升帆开船，飘飘摇摇，不断地转舵，太阳升到半空了才到城里。一大一小两个海湾，使得不到10公里的路程成了天涯路，花上大半天时间才能到达。隔山容易隔水难呀，海湾哟，每当与你相逢，我只能望水兴叹！

更要命的是，每年台风到来，或是碰上大海潮，海湾就会发怒发狂。水借风势，风携水狂。哗啦啦！轰隆隆！滔滔的海水像无数匹野马向村子扑来，瞬间便涌到村边，周边的稻禾、番薯等作物不见了踪影，绿色的田野成了白茫茫的汪洋，泥砖茅草房被冲塌，牲畜被卷走，甚至来不及跑的百姓也葬身鱼腹。风停水退，处处灾痕，灾民食不果腹，无家可归，不得不到处流浪。在那人们掌握不了自己命运的年代，弯弯的海湾让桑田变成了沧海。

当然，那是发生在“长夜难明”时代的惨剧。到“雄鸡一唱”，岁月的刻刀又让海湾变了模样。为了生存，为了发展，掌握了自己命运的人们就要改变这爱恨交加的海湾。

那是一个激情澎湃改天换地的崭新时代。无数的人挥动无数双手，无数的扁担加上无数个畚箕，经过几个春秋的手挖肩挑，在群岛的南北两头筑起了数条共长近50公里的大坝，锁住了苍龙，十个小岛变成了一个大岛。从此，海湾不见了，白帆远去了，人民的生命财产终于得到保障了。昔日波浪滔滔的海湾上通了公路，跑上了汽车；昔日裸露的海滩涂，绿浪滚滚，稻花飘香。岁月的刻刀，让沧海变成了桑田。

海岛毕竟还是海岛，岛外还有弯弯的海湾。20世纪六七十年代，凭着十岛连一岛的余勇，家乡人还想筑一条海堤通到对岸，以彻底打通交通“瓶颈”。后来听说这是一条有战略意义的水道，因上级不批准堵断而作罢。

我们庆幸当年上级不批准修筑这条大坝，因此保留了这一条长长弯弯的海湾，让我们继续看到潮涨潮落，让鱼儿依然可以自由来往，让船儿继续扬帆破浪，让我们依然听到渔歌唱晚。终于，随着时代大潮的涌起，2011年，在弯弯的海湾上，当年的扁担化作先进的桩机，黑海泥换成了混凝土，两岸少了当年的人山人海，而一桥却飞架两岸，天堑变成了通途，“瓶颈”被打破。于是，桥上车如游龙，桥下照样流水滔滔。海湾呀，我告诉你，岁月的刻刀没有改变你的模样，人们和你非常和谐地相处。

是的，人与自然和谐相处已成为人们的共识。我工作的新区正拥湾发展，“城在海里，海在城中”是新区的建设目标。我们在大街上溜达，在商场里徜徉，在琼楼玉宇里享受现代化生活的时候，依然可以惬意地沐浴着海风，观赏着令人陶醉的海景。我也听说，有人在设想，在我的家乡，把堵断海湾的公路挖断，代之以桥梁，恢复弯弯的海湾，让碧波又回到海湾里荡漾，让我的家乡成为东方美丽的威尼斯。

过去，用人工截断海湾云雨，让弯弯的海湾变成笔直的通途，这是历史的进步；而现在，人们乐意和自然和谐相处，也有能力让弯弯的海湾继续弯弯，让汤汤的流水继续荡漾，让鱼儿继续畅游，这不是更大的进步吗？历史的刻刀，还会把海湾刻成啥模样呢？历史将会给出答案。

那弯弯的海湾哟，我一直和你相依相伴。

湛水滔滔

我家窗外，就是宽宽的湛江海湾。海鸥在海面上翱翔翻飞，各种船只在这里来来往往。千百年来，潮起潮落，滔滔滚滚。历经多少沧桑，有着多少感慨……

这宽宽的海湾，曾是一道天堑，是两府两县的分界线：东岸是高州府及其所属的吴川县，西岸则是雷州府及其辖下的遂溪县。一水之隔，东岸说的是古老的吴川话，西岸说的是闽南语系的雷州话。几个渡口，无数舟楫，年复年月复月地沟通着两岸，连接着现代和清明元宋。

这滔滔滚滚的海湾，连着南海，连着太平洋，连接着五洲四海。南宋朝廷最后的小皇帝和他的臣子，曾从海湾外海摇摇晃晃地乘船登上了硇洲岛，然后便留下了宋皇城、宋皇村、宋皇井，还有那祥龙书院，然后便借着海水，仓皇逃到了崖山……

海湾两岸曾是两片“荒蛮之地”，春风不度的地方。清朝也曾在岸边设立过炮台，因有炮台，旁边的村子就叫作“炮台村”，村边一座庙宇，就叫“炮台公庙”。因“天高皇帝远”，更因为皇朝的腐败无能，有海无防，炮台形同虚设，就像菜园子里的稻草人，吓唬一下出没的海盗而已。因为一座炮台，只有一门土炮，炮手就是炮台村一个吃着朝廷俸禄的村民。这门炮威力实在有限，退潮时，点了火，炮弹连水边都打不到。因此，这个海湾，就像一个洞开的门户，什么人都可以进出。

于是，老远老远的欧洲强盗来了，几百人开着坚船，操着利炮，给清政府一纸照会就闯进来了。南营、东营、西营，几个营房扎下来。日夜不息地流动的海水里，有多少是血，是泪，是屈辱？当然，还有民众的愤怒和反抗！红坎岭上的呐喊，南柳村的歃血，赤坎河岸的鏖战，坡头“三月三”的示威，就是对被侵略的回应。将侵略者建的灯塔和海关楼分别叫作“鬼笔”和“鬼楼”，建庙宇设计个饰物，取名叫“番鬼托梁”，这些带“鬼”的称谓，就是对侵略者的蔑视。

渔村庄稼地上出现了侵略者的楼房、教堂、银行，街道有了，码头有了，商铺有了，烟馆、妓馆和赌馆也有了。平静的土地上，嘈嘈杂杂变了模样。汤汤海水啊，还认得出几张白帆，几棵红树林？你上空盘旋的鸥鹭，发出的鸣叫是在哭吗？

海水呜呜咽咽了好几十年后，日本侵略者投降，那一天海湾里奔腾的浪花哗啦啦的尽是欢笑声。

因此处曾有过椹川县之谓，又受唐人谢混“人有水木湛清华”之句的启发，决策者遂将“椹”字去木改水为“湛”，释“川”为“江”，一个漂亮的名字随着城市的成立出现了。中华人民共和国成立后，更将带有殖民色彩的“东营”改为麻斜，将“西营”改为霞山。万顷碧波，终于洗尽了百年耻辱，“湛江”这座新城，如出浴的美人，光彩照人，伟人曾将它与北之青岛并称。

海湾不舍昼夜地流动着，见证着海湾两岸的变化。我曾无数次坐着木帆船、汽船、车轮渡船在海湾两岸之间来来往往，看着船头犁开雪白的浪花往两边飞溅，听着欢快的涛声滚滚而来，听着战舰、巨轮的汽笛声破空响起，我感受到一座滨海城市的勃勃生机。

湛水滔滔，湾面辽阔。在它出海口的边上，撒着几个海岛，护卫着这美丽的海湾。湾内，水深波平，实属天然良港。于是，中华人民共和国成立之后，一座座龙门吊耸立在港区，一艘艘来自世界各地的巨轮，缓缓地停靠在码头，一列列的火车又将货物从港区送往四面八方，当年的小渔村，成了美丽的港城。

我曾在这新生的城市里读过几年书，曾流连于椰树成林的海滨公园，徜徉于窄窄的旧时大马路，仰视过高高尖尖的维多尔教堂。更多的是见到一座座高楼拔地而起，一条条宽敞的大街不断延伸，年轻的城区不断扩大……当然，我也和同学们跟着别人像演快板那样唱过“湛江十大怪，一个城市分两块，汽车不如牛车快……”

连着南海的湛江海湾最早听到了春天的故事，风起云涌之际，也“潮平两岸阔，风正一帆悬”。十四个沿海开放城市的机遇，让港城插上了腾飞的翅膀，少年时唱的那些“怪”一个个不见了。在春风荡漾、春意盎然的日子里，我临海而居，天天眺望着海湾，只见湾面如画，涛声如诗，海鸥于飞，百舸争流，满海湾呈现出一派生气勃勃兴旺发达的景象。是的，西部油城落户在海湾东岸，钢铁新城崛起于东海岛上，城市拥湾发展，东扩西拓，日新月异，成了环北部湾中心城市，美丽的海湾，能不欢欣？能不骄傲？

我们曾经埋怨过海湾如天堑，给我们造成了出行的不便，我们曾归罪过海湾，说它吓跑了投资商，阻碍了发展。当一桥飞架海峡，当高铁连接了省城，当机场易地扩建，当两岸比翼齐飞，我们就十分感谢海湾。海湾及其支流，远远地深入城市的腹地，天造地设般让这座还是年轻的城市，城在海里，海在城中，别具一格，洋溢着浪漫的情调。漫长的弯弯曲曲的海岸线，让海湾两岸，袅娜多姿，风光旖旎，美不胜收。

祖国大陆最南端的魅力城市，有着亚热带风情的地方，因为滔滔海湾的滋润，树木常绿，硕果挂满枝头。香蕉的浓郁，菠萝蜜的清甜，龙眼荔枝的甜蜜，让人们的生活都是甜的。当大网晨撒，渔歌晚唱，海中的奇珍，变成了餐桌上的佳肴，人们真实地感到生活的幸福。

巨大的“扬帆搏浪”的城雕面向蓝色的海湾，海湾融通着遥远的海洋，海港内一艘艘巨轮正在鸣笛起航，顺着滔滔的海湾驶向遥远的地方。我也情不自禁地和着涛声放声歌唱——

蓝色的海湾，我可爱的家乡！

水穷处与云起时

近日闲来翻翻唐诗，看到王维的《终南别业》，饶有兴趣。特别是颈联“行到水穷处，坐看云起时”两句，读来颇受启发。

“行到水穷处”的“水穷处”在何处？指的又是什么？“水穷处”就是登山时沿着山溪往上走，走到最后溪流不见了的地方。这个地方应该是山泉的发源地，这个水源应该掩于地表之下。水源渗透而出，往下汇成小溪。反正到这里就不见水流了。这个登山者走着走着，水不见了，顿有“山穷水尽”之感。于是坐下来，仰望天空，只见云朵涌起。原来水到了天上变成了云，云又可以变成雨，下雨时山涧又会有水。登山者这么一“坐”，又发现了新的境界，失望之感一扫而光。王维的诗与画极富禅机禅意，文学史上尊他为“诗佛”。他的这两句诗，就形象地表达了这样的“禅机”：人一生中处在“山穷水尽”的时候，不要悲观，更不要绝望，静下心来“坐看”就会发现新的人生境界，找到新的人生之路。

我们不是佛教徒，不懂“禅机”，但我们这些凡人之心，也可以与王维这“禅意”相通，他这充满禅机的诗句，也对我们的人生极富启发。我们的人生境界不也是如此吗？在漫长的人生征途中，我们求学问，谈爱情，干事业等，一开始无不兴致勃勃，努力拼搏，奋发而为。后来竟发现处处是困难，路路皆崎岖，山穷水尽而悲哀失落。此时，我们不要悲观丧气而无所作为，也不要自暴自弃而自甘堕落。我们不妨“坐”下来“看”，相信天无绝人之路，认真寻找新的境界，也许别有蹊径，从而登上无限风光的顶峰。

其实，古今中外，“行到水穷处，坐看云起时”而走出困境，创造出辉煌业绩的大有人在。

春秋时期越王勾践就是为人所熟知的最典型的例子，成语“卧薪尝胆”的故事讲的就是他。当年越国被吴王夫差灭掉以后，勾践已经是“行到水穷处”了。但是，他没有绝望，没有死心，而是一息尚存，绝不放弃复国复仇的梦想。为了争取一线生机，他带着王后到吴国做奴仆，服侍夫差。两口子在吴国为奴三年，所受的屈辱难以言说，就说勾践以诊病为由尝夫差粪便这个事，就不是一般人能做得出来的。他终于等到了“云起时”，回到了越国，又“卧薪尝胆”十几年，最终一举灭了吴国，报了破国之仇。试想，如果勾践“行到水穷处”就放弃了，不“行”了，那还会有“卧薪尝胆”这个故事发生吗？

刚刚去世的科学巨匠霍金也是这样的典型。

1963 年，21 岁的霍金患上肌萎缩侧索硬化症，这种病会使他的身体越来越不听使唤，只剩下心脏、肺和大脑还能运转，最后连心肺功能也会衰竭，当时大夫预言他只能再活两年。霍金的人生历程真的到了“水穷处”，这一致命的打击几乎使霍金彻底放弃了学业，世界可能因此失去一位著名的科学家。此时，霍金遇到了“云起时”，在生日舞会上一个女孩的出现神奇地改变了他的一切，她就是霍金的第一任妻子简。此后，霍金以超乎常人的毅力，克服身患残疾的种种困难，奋发努力，于 1965 年进入剑桥大学冈维尔和凯厄斯学院任研究员。这个时期，他在研究宇宙起源问题上，创立了宇宙之始是“无限密度的一点”的著名理论。在“水穷处”登上了科学的高峰。

流水潺潺处，当然是绿树成荫鸟语花香的佳境，人处其中，自然心旷神怡而易流连不前，若如此，当然也不会看到“云起时”了，于愉悦中归于平淡。

“水穷处”确是艰难之境，畏难者就会望而却步而功亏一篑。勇敢者则会抬望眼，见“云起时”则奋起前行，于绝境中觅得人生的新境界。

“山重水复疑无路，柳暗花明又一村。”朋友，走吧，人生路漫漫，处处有活路，“无限风光在险峰”。

食物如命堪珍惜

我是个具有高级职称的古稀之人。偶尔跟亲戚朋友到外面吃个饭，喝个茶，剩下的饭菜，我都吩咐其他人或亲自打包带走，哪怕剩下的只是一个面包或一个馒头。做到“光盘”而走，很多人很不理解。对此，我说，食物如命啊，我曾饿怕了，舍不得浪费餐桌上一丁点儿食物。

我出生在一个饥饿的年代，长在一个极其贫穷的海岛，一年要缺半年粮。那时，主粮是番薯，辅之以木薯干和小米，稀饭是少有的，如有，米汤也多过粥粒，不夸张地说，碗面都可以照得出人影来。干饭更是少有的，那是过年过节才有的美食。二、八月青黄不接，家里什么食物也没有了，为了活命，不少人外出讨饭或逃荒。那时候，活命的粮食真的是比金子还珍贵啊，半袋番薯，一斤大米，就是送人的最好礼物。所以，村民种了一亩几分地的番薯，就要在番薯地旁边搭上一个“番薯寮”（三角形的一米来高的草棚子），以便在番薯长茎后，夜晚睡在里面看守，防止别人来偷番薯。

从我懂事起，每天就被“饿”的感觉伴随着，折磨着。小时候不懂事，饿了就缠着母亲哭。母亲一边烧着火煮着番薯，一边反复地念着带韵味的话儿“侬儿哭哭哭，番薯快快熟（煮熟）……”来安慰我。还不时地打开热气腾腾的锅盖，用筷子刺着番薯，试试番薯煮熟了没有。番薯熟透了，就扎一个给我。我捧着刚出锅的、滚烫的番薯，不断地从这只手换到那只手，嘴巴不断地吹着番薯，待凉了一点儿，连番薯皮也不剥就狼吞虎咽起来。那一刻，能填饱饥肠的番薯，就是世界上最美味的佳肴。小学毕业后，我考上了海对岸那边城里的中学。那时，粮食生产，特别是我家乡的主粮生产还不能满足人们生存的需求，我带到学校的粮食，主要是番薯，很多时候还是番薯干。初中时期，正是人发育长身体的时候，特别需要营养，需要食物，我吃得比过去更多了。但家里又没有更多更好的食物满足我的需求，每天我都处在饥饿的状态。饿，严重地影响着我的学习。每天上、下午的最后一节课，肚子不停地叫，脑子里想的就是快快下课，老师讲什么我都不太注意了。好不容易等到下课的铃声响，我就冲向学校饭堂，从蒸饭的格子里找到我的番薯干饭盅（粗陶瓷的圆柱状容器），就着洗干净的萝卜干吞咽起来，难吃不难吃已全然不顾，饿，已使我饥不择食。饿，伴随着我完成了初中的学业。我至今还记得，小时候，除了番薯、木薯、小米，我还吃过野菜，吃过南瓜叶，吃过海苔（我们叫海纸）、海菜（像粉丝的海生物）。

熬过寒冬的人，才知道阳光的温暖；挨过饥饿的人，才懂得食物的宝贵；种过田的人，才知道粮食的来之不易。早在数十年前，我家就解决了温饱问题，不愁吃，不愁穿。现在，日子越过越红火了，可以上茶馆，进酒楼，拿笔点菜，“叹”起生活来。但我这个曾苦受饥饿折磨过并种过田的人，对粮食一直倍加珍惜，从来不舍得浪费半点。我那几乎饥饿了一辈子的母亲在世时经常告诫我，（对食物）“好吃不好丢！”要好好珍惜粮食。受过饥饿的我，永远牢记母亲的教诲，并用母亲的遗言教育我的家人，让勤俭节约的家风发扬光大。因此，我家每顿煮饭，都是严格“量吃为出”放米下锅，宁可吃不饱也不要吃不了。如因特殊情况剩了饭，也把它放进冰箱里，下一顿热了再吃，从来没把剩饭倒在垃圾篓里。菜餚也是如此处理，能吃多少就做多少，上顿吃不完，下顿热热又吃，今天吃不了，放进冰箱里明天再吃，绝不当作垃圾倒掉。这已经成了我家的习惯，成了传统，养成了家风。进了我们家门的儿媳妇，逐渐长大的孙子孙女，也不随便浪费食物，跟着我们吃隔餐隔夜的饭菜。我们家的生活，可说是天天“光锅”“光盘”的。

“谁知盘中餐，粒粒皆辛苦”，食物如命堪珍惜。珍惜食物，就是珍惜生命。“光盘”生活，也是一种美德，不管丰年歉岁，不管富豪穷人，标准都是一样的。让我们家里的餐桌，让茶馆酒楼的雅座，餐后的盘子都是光光的吧，几千年前，我们的祖先就是如此为之；今天和未来，我们及后人，有责任将这珍惜粮食节俭生活的好传统好作风发扬光大。

走在成长的路上

小时候，我天天想着快快长高长大，成长为大人。当我成为大人，成为老人的时候，又盼着儿子快快成长，孙子快快成长。希望他们长大了，成家立业，这样就功德圆满，无忧无虑了。

现实却告诉我，我的“成长”标准并不正确。因为玩电脑玩不过儿子，玩手机玩不过孙子。我还长不大，还在继续“成长”之中。

人的成长包括很多，长身体，长知识，长感情，长智慧都在其中，即使一个人老到掉了牙，他也还处在成长之中。人的一生都在成长，只不过不同的时期有着不同的侧重而已，成长是人一生中永恒的主题。

成长让大地长出绿苗，绿苗变成金黄，金黄变成果实，世界因此变得丰腴。

成长让婴儿长成少年，少年长成青年、壮年，人类因此生生不息，繁衍昌盛。

成长让人们由无知到有知，由知之不多到学识渊博，人因此成为万物之灵。

成长让社会由野蛮到文明，由残忍到善良，由杂乱无章到井然有序，社会因此而变得美好。

成长是一件令人向往的事，也是一件令人烦恼的事。小树苗要长成参天大树，总要经受风吹雨打；蝉儿要登上高枝吟唱，就要忍受三年黑暗的煎熬；花儿要绽放绚丽，就得扎根泥土吸收养分；婴儿要站起来行走，就难免多次摔跤受伤。风吹雨打，忍受煎熬，吸收养分，经历摔跤，总是成长的伴奏。美丽彩虹，是风雨过后的产物；明朗绚丽的色彩，是蓓蕾绽放的结果，深沉厚重，也是动人乐章的一部分。生命成长的过程中，烦恼渗进在每一个细节，烦恼总是伴着成功而来。但成长是挡不住的，除非你离开这个世界；烦恼也是躲不开的，除非你不想成长。

成长的根本就是学习。成功不是一蹴而就的事，不能毕其功于一役，因此就要学习，永远地学习。在学习中消除烦恼，让成长更欢乐；在学习中驱除风雨，让成长有一片晴朗的天；在学习中扫除障碍，让成长来得更顺利。当我们脸庞充满稚气，我们应该知道，我们是含苞待放的花朵，我们的成长将无限艳丽；当镜子照出我们衰老的颜容，我们应该明白，我们的成长更具有智慧；当我们垂垂老矣，我们应该更加从容，明白“朝闻道，夕死可矣”！

子曰：“吾十有五而志于学，三十而立，四十而不惑，五十而知天命，六十而耳顺，七十而从心所欲，不逾矩。”（《为政第二》）这是孔子的自我成长报告。孔子是 72 岁去世的，他这几句简单的话，自述了他一辈子学习和修养的过程，报告了他一生的成长经历。孔子真正做到了“活到老，学到老”而终其一生。“圣人”尚且是这样成长，我们普通人又怎能超越圣人提前完成“成长”的过程？

朋友，你知道你在成长吗？你感觉到你还在成长吗？让我们携起手来，以学习来促进成长，因为我们永远走在成长的路上。

桩声如鼓

踏着改革开放春天的鼓点，我们学校迁建到一个叫鲤鱼岭的地方。

这里原来是个小海岛，数十年前，人们在它的南北两头修起了两条海堤，才把小岛与两岸连接起来。东面和北面海堤内成了稻田，南面堤内是个一千多亩的大水塘，西面则是宽阔的海湾。海浪拍打着堤岸，鸥鸟翔集于水塘，稻香飘于绿野，师生们便学习生活在这个静谧的小天地里。

和着海湾日夜不息的涛声，近几年，学校周围不远处响起了一声又一声的打桩声。桩声如鼓，声声入耳，响彻云霄，它是后发崛起的进军号。

这里，是十四个沿海开放城市之一的郊外，这里，是海鸟喜欢光顾的海角，这里，原来安静有余而热闹不足，打桩声更是难以听到。堤外潮起潮落，时光秋去冬来，涛声依旧，旧貌依然。

东风催发花千树，春潮奔涌船起航。“北部湾中心城市”“省域副中心城市”的定位，让这里迎来了千载难逢的发展机遇。“打造城市新名片”，美丽的蓝图引动了建设的热潮。春风荡漾在这海湾的东岸，于是，在这块沉睡的处女地上便响起了打桩声，连同学校周围的地方。

桩声一声接着一声响起，那样雄浑，那样有力，那样令人欣喜。

清晨，“噔——噔——噔——”的打桩声，似乎为喷薄而出的旭日鸣锣开道，透过升腾的水气，穿过飘荡的云层，直冲万里霄汉。我站在教学大楼的阳台上，只见桩声响处，种起了无数的脚手架。脚手架一天天长高。

傍晚，“噔——噔——噔——”的打桩声，送走了满天的彩霞，震落了满天繁星，连绵不断地挂在不远处，挂在原来似一张黑幕的地方，通宵达旦地闪烁着，连水面也变得金碧辉煌。

桩声就像一只大手，把土丘推低，把坑洼抹平，把塘水舀干，把土地重新打扮。

桩声就像个催产婆，催生了一座座高楼，催长了一条条道路，催绿了一棵棵路树，催生了一个个楼盘。

桩声就像一支响亮的集结号，大大小小的汽车向桩声响处奔去，滚滚的人流向桩声响处涌去。于是，那里，便成了人们的新家；那里，便荡漾着欢声笑语，成了幸福的乐园。后发崛起的南国港城，意气风发，日新月异，迎头赶上了先进的行列。

这桩声如此动人心魄，我似乎听过……对，在黄洋界上，在平型关上，在百万雄师过大江时，只是那隆隆的声响已经化剑为犁，深耕着九百六十万平方公里的土地，圆着百年民族振兴之梦。

这桩声如此令人欢欣鼓舞，我似乎听过……啊，那是七十年前开国大典的礼炮。礼炮声传到又一个春天，化成一声声的打桩声，催生了一座座新城，创造了一个个奇迹，让中华人民共和国走上了繁荣富强。

这桩声如此催人奋进，就像激越的战鼓之声，激励着无数的人迎旭日，送晚霞，挥汗水，献智慧，让春天万紫千红，让夏天硕果累累，让秋天五谷丰登，让冬天幸福安康，让一个个宏伟的蓝图变为一个个伟大的现实，以之作为丰厚的礼物，献给七十大寿的中华人民共和国。

“噔——噔——噔——”这如鼓的打桩声，现在还在校园不远处轰响。

这打桩声，似乎遥远，又似乎很近，不，它就响在我们的心中。这桩声听得悦耳，听得心潮澎湃，听得精神振奋，它激励我们不忘初心，贯之始终，把春风播到祖国的每一个角落，让祖国每一寸土地都成为美丽富饶文明幸福之乡。

——谨以此文献给七十华诞的祖国。

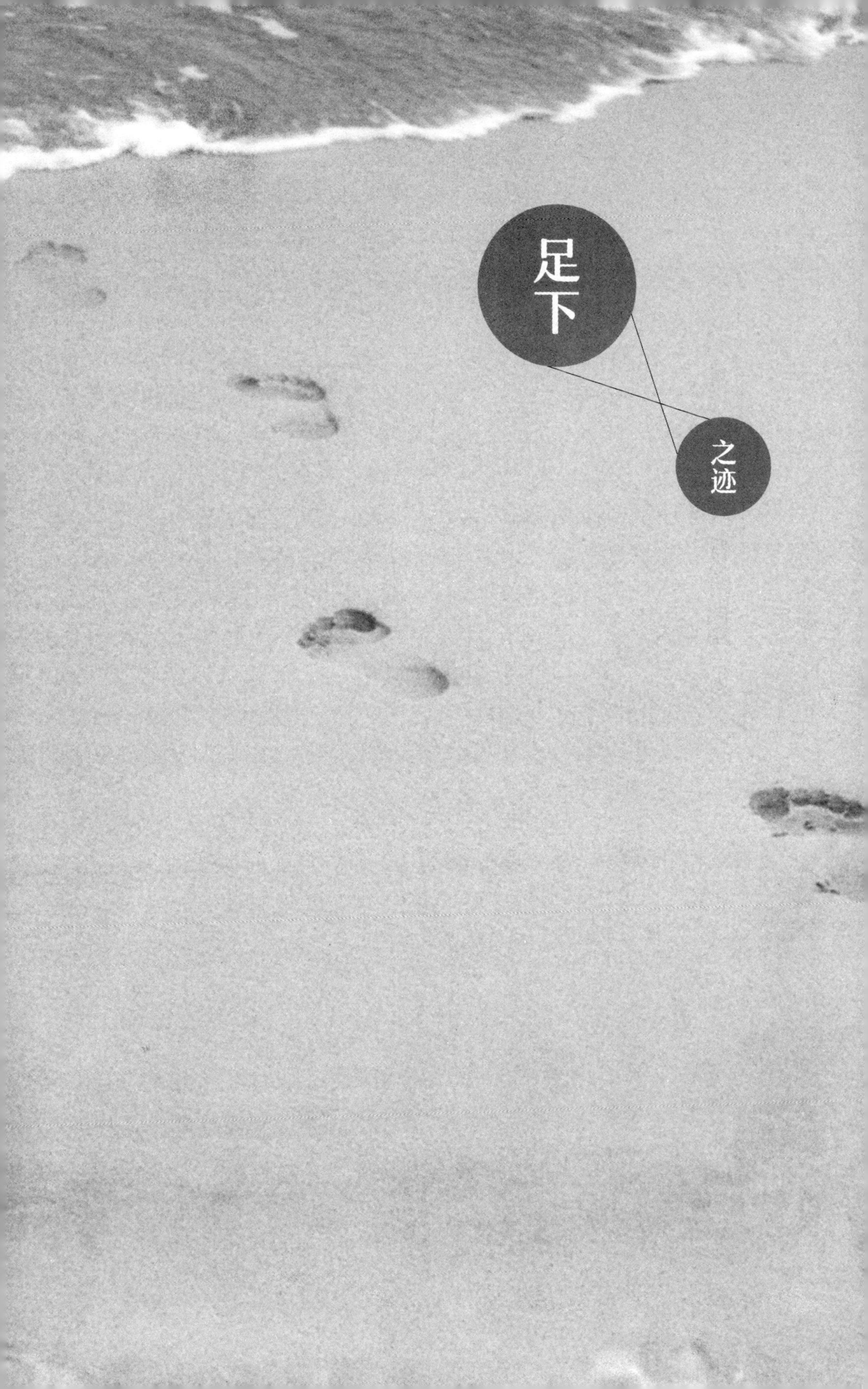
足下
之迹

普者黑印记

西部散文选刊（原创版）2019“我爱祖国，人间至情”大型征文颁奖典礼暨散文创作采风活动在云南普者黑举办，我有幸参加了这次活动。

行前，得知消息的朋友，有去过普者黑的，纷纷向我推荐起普者黑来：“《三生三世十里桃花》就是在那里拍的，很美！”“人间仙境，世外桃源。”还未登程，我便对那里充满着憧憬，充满着期待。

到了普者黑车站，天色已晚。好在主办单位派车来接我们，要不我们可能会迷路。小汽车把我们送到了“云上的家”的“彝人码头”客栈。吃过饭，洗过澡，就休息了。

第二天一早，我们同房的两人就走到后面的阳台上，观看普者黑的风景。“哇，很美！”这是我们的共同赞语。楼下就是汪汪一湖碧水，静静的，亮亮的，湖上似乎还荡着些青雾。不善拍照的我，也迫不及待地拿出手机狂拍。然后，把到普者黑后拍的第一组相片发送给亲友。近处，几朵三角梅花和水边的一排客栈进入了镜头，不远处栈桥上有个茅草亭，水中小丘长着高高的芦苇似的植物。远处则是一座接一座的山丘，山丘倒映在水中，就像一幅水墨画。

我们跑下楼去，急急忙忙地去亲近那美丽的湖水。湖水很丰满，就洋溢在我们的脚下。沿着水边走，只见清清的水下摇晃着又密又长的水草，岸边停泊着几叶铁皮小舟，引得文友们纷纷登上小舟拍照。湖边的小径，坎坷不平的，随着湖岸蜿蜒，野草几乎铺满了小径，只留下窄窄的路面。走过小径，登上一座水中亭子，亭下是安安静静的湖水，周围洋溢着润湿的空气，一切都是那么静美，那么自然，远山近水，甚至远方的云霞，都是那样和谐自然地组合在一起，共同构成了一种世外桃源般空灵的感觉。我的心灵似乎一下子被净化而安静起来。

这就是普者黑湖吧，山和水，就是普者黑的眼睛，让我们透过它看到了普者黑美之所在。

马车“嘀嗒嘀嗒”地把我们送到了“十里桃花”。桃花已躲了起来，只羞羞答答地留下几片残影。而风情无限的仙人湖，就裸露在我们的面前。哟，好美呀！静静的，清清的，长长的，陪我们到此的那位小姑娘说，这仙人湖和普者黑湖是连在一起的。难怪，一样的水，一样的山，一样的风情一样的美。几只水鸟幸福地在湖里悠闲地划着水，头顶上的蓝天倒映在湖里，长长的富有撒尼族特色的仙人洞民族村就横傍在对面的岸边，峻峭的密枝山耸立在村头水边。一幅天然的山水画就呈现在我们面前。

普者黑的水有多长？我们没法丈量。普者黑的美景有多少？我们也无法知道。又是那辆欢快的马车，送我们到了天鹅湖。天鹅是有的，黑黑白白的就在桥下的水中闲游觅食。天鹅只是印证了湖之名罢了，这里的美，就美在那无边的水，就美在那湖中远不远耸起的一座座小山，就美在那山和水和谐完美的结合。

我们沿着水边的道路走，看到的都是茫茫的水，偶尔也有一簇簇像芦苇、蒿草之类的植物高立于水面。湖水很清澈，清得我们很容易看得到水下晃荡着的密密的长长的水草。湖水很静，静得波澜不兴，就像一块硕大的绸缎平铺在上面。我的家乡是个海岛，我们就生活在大海的环抱。那大海哟，无风三尺浪，就像个爱发脾气刚烈的男子汉。普者黑的水呀，平静得一点儿脾气也没有，就像一位低眉垂首温情脉脉的少妇。看惯了大海的我，面对着这一望平静的水，别有一番惊喜。茫茫的湖水有多深？我们不知道。种不种莲藕？我们也不知道。我想，如果能全部种上莲藕，当荷叶铺满湖面的时候，当荷花张开它那粉嘟嘟的花瓣的时候，当微风吹过湖面的时候，那将是一番怎样惊天动地的美丽啊！

那远不远耸起的一座座山丘，给天鹅湖添上了动人的一笔。像直立的铅笔，像倒写的惊叹号，像慈善的坐佛，像沉默的金刚，像孤独的行者，像对对深情的恋人，有的张开了圆圆的嘴巴，有的没心没肺的，显得很“虚心”的样子……我无法画出它们的模样，只能惊叹于大自然的鬼斧神工。山散落于茫茫的碧水之中，水拥着座座姿态各异的山丘荡漾，山高水低，相互映衬，和谐相处。晴朗的天，把一座座山倒映在湖里。清朗的山，暗墨的影，一虚一实，美妙地融合在一起，这妙绝的山水画，画家也难以描绘出来啊。

我们跨过铁桥，沿着另一面湖边山脚的路径继续往前走。每走到一处，都是一个景，招来了一阵“咔嚓”的拍照声；转一个弯，又是另一幅美景，自然，又是一阵拍照声。山重水复路未尽，看不尽的美景，拍不完的镜头，不知前面还有多少好山好水等待着我们欣赏。正在兴头时，领队的一个电话，让我们把遗憾和想象留在了这美丽的天鹅湖。

这山山水水，连同那古老与现代同美，马车与汽车齐奔的村子，以及那别具风情的客栈，给我留下了美好的印记。

海东面貌日日新

退休几年了，逛逛街，喝喝茶，成了生活的新常态。大街上，茶馆里，常常碰到一些同龄的老友记。见面自然会问：现在拿了多少钱？我会自豪地说：我现在的工资差不多是退休时的两倍！说完，大家的脸上都露出了幸福的笑容。

是的，我们的钱袋子胀了，这是社会进步的体现，更是我们区经济发展的结果。钱袋子胀了，我们感受得到，海东大地上日新月异的变化，更是世人有目共睹。

我几乎是随着坡头区的建立来到坡头城区教书的。那时，坡头区说是城区，却是有区无城，甚至连农村都不如，我住的是竹棚，上课也在竹棚，和竹棚一起生活、工作，一晃就是四、五年。此地虽不是天涯，却是海角，到霞山赤坎叫作“过海”。待遇低，甚至到了20世纪90年代，还曾经有过连续半年没领到工资的纪录。同学朋友见面，我都羞于和他们提起工资的事。

那时，人们钱袋扁扁，心儿惴惴。

坡头区的状况与它地处海湾东岸的区位优势很不相符，老天爷绝不会亏待坡头人民。当然，党和政府更是把发展坡头、改变坡头的大事挂在心上，坡头人民也有着敢叫坡头换新天的雄心壮志。

机会来了！一桥飞架东西，海湾变通途，自然有了一湾两岸同时发展的战略构想，市领导要把海东新区打造成湛江的“浦东”、湛江城市建设的新名片。

更好的机会来了！第十四届省运会在湛江举行，主场馆落户海东。更可喜的是海东新区成了湛江城市东拓和拥湾发展战略的主战场，是广东省地级市城市扩容提质四个重点建设的新区之一，肩负着打造全省地级市扩容提质崭新亮点和湛江新城区建设代表作重任。建设海东新区跃升为省级发展战略。坡头，终于迎来了千载难逢的发展机遇。

春风吹发花千树，坡头面貌日日新。沉寂千百年的“海角”热闹起来了。昨天还是沟沟壑壑的海滩涂，今天被吹填成平坦如砥的建设宝地。钻机高速地转，汽车来回地跑；桩机一座座立起来，工棚一间间建起来。坡头人如手握神笔的马良，圈呀圈，在大桥西边的海边，圈出了四个巨大的漂亮的“贝壳”，湛江又多了一溜儿标志性的建筑——奥体中心。画呀画，在大桥的东面，画出了一幢又一幢的高楼——启达东海岸、凯旋湾、海东广场、恒大绿洲、仁海花园、南油北苑。每天坐着公交车上上下下海湾大桥，看见海东新区天天都有新的变化，人人都有新的感受，心中充满着新的欣喜。用“日新月异”来形容它，并非溢美之词。人们不由得惊叹于它的高速发展，不能不齐声赞叹它的大气派，因为，一个现代化的新城区一天一个样地显现出来，湛江的“浦东”不再是一个朦朦胧胧的遥远的梦。

昔日荒芜的土地上，现今已是路网纵横，四通八达。你坐车在海湾大桥上往东看，东城西路、柏西路、海东西路、金湾南路等七条道路，路路通海东；宽阔美丽的奋勇大道，把新区和老城区连在一起；通过三座大桥、长达25.5公里的海东快线，把南三岛和茂湛高速公路连接了起来。交通的大发展必然会带来经济社会的大跨越。坡头，这辆满载着希望的列车，已驶上了后发崛起的快车道。

是的，这里，建筑工地热火朝天，人声鼎沸，面貌日新；那里，官渡工业园机声隆隆，兴旺发达，商客如云。坡头区的“经济计划”如期实现，近几年来公共财政收入由一亿多元到三亿元、四亿元、五亿元、六亿元地增加，增长率连续几年高居全市第一。财政供养人员连续三年提资幅度全市最高，我们的钱袋子就因此而胀起来，也就难怪我们这些老年人见面时总喜欢问领了多少钱，也因此脸上常常洋溢着幸福的笑容。

当我们看着面貌日日新的海湾东岸，当我们徜徉在东海岸观海长廊，当我们每天逛着整治“六乱”“穿衣戴帽”、创建文明城市之后的南调街，我们确实有了一种城市人的感觉。这种感觉，是一种我们追求了很久的感觉，也是一种十分幸福的感觉，更是一种非常自豪的感觉。我很有理由相信，这种感觉必将越来越好。

特呈岛访古

六月十五日，天晴气爽，受霞山区作协之邀，我前往特呈岛采风。

特呈岛不大，面积只有3.6平方公里。四周是海，碧波荡漾，岛内地势平坦，空气清新，风光秀丽，气候四季如春。现在，经中鑫有限公司多年精心打造，它已是闻名遐迩的生态文明旅游岛。500多亩国家重点保护的红树林、洁白如雪的白沙滩、远古的火山石，还有那茫茫的大海、翻飞的海鸥、穿梭的渔船，共同构成了一幅色彩斑斓的天然图画，让人流连忘返。

一踏上这座小海岛，我就深深地感受到了它历史文化的厚重。有人说，它原与大陆相连，后因火山爆发地壳变动才与大陆分离而成海岛。也有人说，有一仙人下凡，看见海边人无地可种，加上海龙王又严禁百姓下海打鱼，生活苦极了，为解民苦，仙人在夜间偷偷挑土填海造田。土地公认为仙人填海，堵塞了他出海的路，就在仙人挑着一担泥土走到半路时，土地公就学鸡啼。仙人以为天快亮了，便急急忙忙放下这担泥土赶回天上去了。

这担泥就变成了两个大土堆，一个叫东头山，一个就是特呈岛。“特”就是古越语的“地方”之意，“呈”就是“吉祥”之意。特呈岛因此充满灵气。

特呈原是一个荒无人烟的孤岛。南宋灭亡以后，宋状元、参知政事、抗元民族英雄陈文龙的后人伯镇率家人到乾塘镇乾塘村开村安居。至第五代陈即明，便离乾塘操舟登上特呈岛，成了特呈岛第一代岛民。即明在这海岛上生有四子，1402 年，二子文禧过海到南三岛田头村开基立业。三子文禓也离岛回现乾塘镇择梅魁开村发展。只留下文裕、文礼两兄弟继续捕鱼耕田，繁衍生息，至今已发展到七个村子四五千人。算起来，陈姓在岛上居住发展已有六七百年的历史。据说，特呈岛是全国唯一一个全陈姓的海岛。

特呈岛历史悠久，文化影响最深远的恐怕就是冼夫人文化。与雷州半岛许多地方不同，特呈岛供奉的神祇不是妈祖天后，而是被周恩来总理称之为“中国巾帼英雄第一人”的冼英冼太夫人。全岛共有六座“冼太庙”，冼太夫人的诞辰为农历十一月二十四日，这一天成了全岛最盛大的节日。是日，岛上的村民不说，特呈岛外嫁的女儿也要回来叩拜冼太夫人，以求平安和顺。据说，近年来因为人多庙少，这一纪念活动还得分两天进行，时间是农历十一月二十三、二十四两天。1500 多年前的冼夫人，是我国杰出的政治家、军事家。她生活在王朝频变的南北朝，一生为维护民族团结，坚持统一，反对分裂做出卓越贡献，被民间称为“岭南圣母”。特呈岛先民自开岛始，就尊奉冼夫人为神祇，400 多年前就建庙以祀之。可见，冼太夫人文化，对特呈岛影响之深远，特呈岛人那种由来已久的浓烈的家国情怀也就不难理解了。

特呈岛数百年的历史中，有幸与一位历史名人结缘，那就是明朝著名大臣、大学士解缙。明永乐五年（1407 年），解缙曾登上特呈岛，赋七言律诗《题特呈山温通阁》，诗曰：

峰濯沧溟应斗魁，波澜绕翠浪头排。
火烟光起盐田熟，海月初升渔艇回。

风送潮声平乐去，雨飘山色特呈来。
地灵福气生天外，自有高人出世才。

读着这首诗，我就可以想象得到：一叶轻舟，乘风破浪而来；一代才子，峨冠博带立于舟头，望烟波茫茫，观古树苍苍，喜于心而形于色，挥狼毫而成佳作，一时涛声应和，遂成绝唱。

一代大才子为何登上交通极不方便的特呈岛？我不得而知。却知道解缙这首诗，为小小的特呈岛带来了“地灵福气”，醇厚文风，是特呈岛的无价之宝。同时，全诗描绘了特呈的地理景观和人文景观，特别是写了煮盐和捕鱼这两种生产活动，给研究特呈岛以及雷州半岛数百年前人们的生产活动，留下了珍贵可信的史料。特呈岛何其幸运也！

沿着环岛公路往东北方向走，一水之隔，对面就是南三岛。我们所处的地方，对岸就是南三岛的北涯村和北涯头村。小海湾风平水静，波澜不兴，有舟楫驰于其间。我知道，这里有着“古事”。那是 1898 年，法国人在南三岛登陆，在南三岛人民一片抗议声中，在红坎岭建立了南营。他们见北涯村和北崖头村前这一段海湾水深流缓，对面的特呈岛为它挡住了风浪，因而波平浪静，是极好的泊船之所。于是他们驱兵西进，在这里建了军港，并用他们的海军上将博蒙特的名字来命名。从此，这段海湾两岸的百姓就不得安生了，当然，两岸人民的抗争也就没有停止过。秉承着中华民族优良传统，特呈人民加入抗法行列，和抗法义军在烟楼岭歃血盟誓，捣毁法军修建的工事，迫使法帝停止施工。又有乡民赴吴川三柏参加团练，在吴川抗法指挥部的领导下，与法帝进行面对面斗争，谱写维护民族尊严、抗击外来侵略的可歌可泣的一页。特呈岛人，身上流淌的就是不屈的血脉。抗日战争时期，特呈乡亲们同仇敌忾，义无反顾参加抗日救亡运动，岛上的太邱学校成了抗日的一个据点。解放战争期间，特呈岛是革命的堡垒，乡亲们掩护地下党员从事革命活动，坚持开展武装斗争，粉碎国民党扫荡清剿，迎接解放。解放初期，特呈人民支援解放海南岛，协助解放军渡海训练，有 70 多人当舵手，直接参加渡海作战，为解放海南岛做出贡献。特呈岛被评为湛江市革命老区，岛上的里村革命旧址是市文物保护单位。

神州改革开放的大潮，滔滔滚滚，特呈岛迎来了最明媚的春天。

长风破浪会有时，直挂云帆济沧海。特呈岛，一个历史文化厚重的海岛，将追随时代的大潮，奔向更富有的明天。

育庐与朱朝新

坡头区南调街道调高村有个著名的人物叫朱朝新，曾任华南最高学府中山大学的副校长。

1985年坡头区一中成立后，因工作关系，我曾随领导到中山大学拜访朱校长。朱校长平易近人，给我留下了深刻的印象。上月初，朱校长的儿子朱卫强回家乡，我们又自然地聊起了朱校长，听到了许多关于朱校长的故事。

我早就想去看看朱校长的故居，而一直未能成行。最近，机会来了，湛江日报社支持我们到南调街道采风，我第一选择就是去看看朱校长的故居。

经过曲曲折折的乡道，我们来到了朱校长的故居门楼前。门楼大门上“维新追远”几个金色的大字映入我们的眼帘。这几个字是中山大学哲学系李五湖教授题写的，写得飘逸有灵性。可惜，铁将军把门，我们进不去。听说，朱校长的儿子朱卫强昨天才从老家返回广州，我就跟朱卫强先生电话联系，他说，这四字中“维新”二字既有他父亲名字的“新”字，又含有时代气息；

创新、开拓、进取；“追远”，则既含“慎终追远”中的“追念祖先”的意思，又有追求远大理想，把家训“孝、礼、仁、谦、敬”发扬致远的含义。朱校长离乡日久，但思念家乡之情深，从这四字匾中便可以看出。朱卫强先生还告诉我，这块匾，一匾两面，背面还刻有出自《尚书》中《夏书》的《五子之歌》，其文曰：

“皇祖有训，民可近，不可下。民惟邦本，本固邦宁。予视天下愚夫愚妇，一能胜予，一人三失，怨岂在明，不见是图。予临兆民，懔乎若朽索之驭六马，为人上者，奈何不敬？”

一块匾，尽显朱校长以史为鉴的家国情怀和亲善百姓的情愫，令我肃然起敬。

进不了老宅内，我们只能在门外打量着这栋近百年的房子。这栋老房子显然维修过，保护得很好，为砖木结构的农村老宅，占地 400 平方米，宅内分上下两部分，有天井各一个及东西对称房间八间，从外表看，跟坡头区其他村庄的砖瓦古民居式样是相同的。这样的砖木结构的古民居现在保存下来的已不多。保留老宅原貌，让后人铭记传承，是朱校长退休后晚年的最大心愿之一。我透过门锁的口子往里望，只见大门上额又嵌着“育庐”二字。“育”当是朱校长先严之名，“育庐”二字，即告诉我们，这是朱育英先生的房屋。

这所房子当是朱校长父亲所建，我从铁门小孔望进去，里面干净幽静，盈清雅之气。1931 年，朱校长就出生于此。但谁也没有料到，20 多年后，小乡村走出了一位以育人为天的教育专家，并成为世界知名大学的副校长，因为，这个乡村小孩，呱呱落地之后，竟然到了 7 岁才会开口讲话。

育庐的主人，即朱校长的父亲是个贫穷青年，到南洋数年后，于法国人侵占广州湾时期归国。育英先生聪明，有才智，忠厚老实，说得一口流利的法语，对孩子的影响很大。但小小年纪的朱朝新先生，受革命思想的影响更大，读初中时，即受语文老师的影响而倾向新思想。他在中华人民共和国成立前，随父亲举家迁居香港。后不惜与父亲反目，冲破家庭的阻力，于 1950 年毅然从香港报考内地学府——中山大学，成为新中国第一代大学生。那时百废待兴，急需人才，朱朝新先生他们提前于1953年毕业，投身于热火朝天的国家建设。朱先生被留在学校工作，从此一辈子成为中大人。1954年8月，他担任中山大学校团委宣传部副部长；1956年加入中国共产党，并于当年9月担任校团委书记；1960年3月起，先后担任教务处副科长、科长、副处长、处长；1984年4月任中山大学副校长；1991年4月，任副校级调研员；1995年5月正式退休，2011年不幸去世。

朱校长是位学者，他在学术上有哪些贡献？我知之甚少；他又是德高望重的副校长，对学校建设与发展必多有建树，但具体有哪些成绩？我也无法述说。在这里，我只能说些所见所闻与大家分享。

朱先生性格和蔼，和学生、同事关系很好，平易近人，即使身居副校长高位，也待人亲和，哪怕在路上遇见一位学校饭堂的厨房工友，也可以与之站在路边说说话。据朱校长的亲人说，在医院住院期间，尽管肝癌疼痛难忍，朱校长对医生、护士甚至护工，从来都是笑脸相见。正因他对别人尊重，他病逝后，护士、护工都流下了悲伤的眼泪。那年我们到了他家，见了家乡人，他很高兴，斟茶倒水，一点儿架子也没有。

在省城广州，每个人都希望能分到一套新房子，而朱校长在中山大学任分房小组组长，可谓近水楼台。可他宣布，让所有符合条件的教师职工都分上房子，才考虑给自己分房。他是这样说的，也是这样做的，那年我们到他家，他住的是一套旧房子，那个客厅还不如我家的饭厅大，面积大概是十平方米左右，我们几个人挤进去，真是“摩肩接踵”。大家都很惊讶，“这是大学副校长的住房？”那次探访朱校长，他住的房子又旧又窄，给我留下了最深刻的印象，以致上个月见到朱卫强先生，一见面我就提起他家的房子，他说，直到他父亲从副校长的岗位上退下来之前两年，他家才分到新房子。

中山大学副校长这个职位，足够家乡人引以为荣。但朱朝新校长的高风亮节才是家乡人最好的财富，它如春风化雨，滋润着一代代学子茁壮成长。我站在“育庐”前，似乎见到瑞气在升腾，心中一股崇敬之情油然而生。

炮台·军港

6月2日，我们30多位文友到麻斜采风。中午，我们最后一个活动就是坐上车轮渡畅游麻斜海。这是一次愉快的旅行，也是一次令我感慨万千的旅行。

当天，气温特高，艳阳高照，天空一片蔚蓝，就像用清水磨洗过的无垠的蓝宝石。蓝天下偶尔飘来几朵白云，三几只海鸥从船舷掠过，船上的作家们个个都显得异常兴奋。

车轮渡从麻斜渡口起航，在海湾中间向海湾大桥方向慢慢驶去。左边，美丽的海滨公园婆娑的树影，还有一幢幢高耸的大楼，尽收我们的眼里，真是港城风光无限好啊。

然而，这一切我们都无暇欣赏。我们全部注视着右边的十里军港！那里给我们带来兴奋、激动和震撼！有的文友急匆匆的“抢占”制高点，登上高高的驾驶台，齐齐将目光投向并不遥远的右边。我和几个文友则靠着轮渡的右舷，凭栏远眺。只见长长的军港里，不高的营房有序地排列着，楼前郁郁葱葱的一片树林，就像一列列挺拔的国防卫士。最吸引我们眼球的是停泊在军港码头的一艘艘战舰，一字排开，远远望去似乎要和海湾大桥相接。银色的战舰在阳光下闪闪发亮，似乎可见浪花在不断地亲吻着舰体。每一艘军舰都显得那么雄伟壮观，舰首翘起，就如劈天巨斧，直指苍穹。停得下十几辆汽车的车轮渡和战舰相比，显得那么矮小。我们远望着，一艘又一艘的战舰慢慢地往后面退去，我们的目光则不停地往前追逐着那一艘接一艘的战舰。我的心跳加速，激动的心情就像船下的波涛滔滔滚滚。军营我参观过，军舰我登临过，每次登临我都激动过。但是这次像检阅部队那样，巡看十里军港，全方位的感受战舰的英姿，我真有辛弃疾“沙场秋点兵”的感觉。那一字排列在军港的战舰啊，就像那雄伟的海上长城，有力地捍卫着祖国的海疆。我兴奋，我激动，用“震撼”来形容我此时的感受并不为过。我为英雄的战舰骄傲，我为祖国的强大感到自豪。

站在轮渡的甲板上，我的思绪就如眼前的流水一样连接着久远的时空，麻斜以及发生在麻斜的往事就滚涌在我的脑海。

麻斜自古以来就是军事要塞，这里有着太多令人心酸、令人心痛、令人激动的故事。

麻斜渡口上面就是麻斜的炮台村，连赫赫有名的侯王庙也叫作炮台公庙。之所以村以炮台名之，庙也以炮台称之，那是因为清代，曾在这里设有个炮台，但这里有台而少炮，仅摆一门犹如稻草人的火炮，也没有专门的炮兵操炮，仅叫炮台村的一个村民代炮手，有什么情况了就去点火放一炮。涨潮的时候炮可以打到水中，退潮的时候，炮弹就只能打到海滩上。这就是当年的火炮利器啊，它的作用就和菜园子里吓唬小鸟的稻草人差不多，这样的国防设施，说来真令人心酸。

好在历史翻开了全新的一页，我站在轮渡的甲板上，望着辽阔的十里军港，看着威武的舰艇战阵，我感慨万千。当年小小的港湾，如今已崛起了一个中华人民共和国的强大军港。麻斜万幸，驻扎着一支捍卫祖国的威武之师。我呼喊着：伟大啊，我的祖国！骄傲吧，我们的麻斜！

坡头圩老街行

黄昏，我们漫步在古镇坡头圩的老街上，落日的余晖，把我们的身影拉得老长老长，似乎时光倒流，把我们带回昔日的热闹与繁华。

坡头圩始建于明永乐二年（1404 年），因它“藉道远通琼桂，隔海近望南三”，故商贸发达，市场繁荣，成了粤西地区著名的集市，于是有了“世界都是坡头圩大”的民间流行语。正如广州有上下九路，赤坎有大德路，坡头圩也有它的老街。胜利路、红旗路、解放路、东风路、解放横路与跃进路就是它的主要老街。当然，这些名字并不是老街的原名，而是 1966 年改的名。

我们首先走在长约 600 米的胜利路上。踏着凹凸的红砖铺成的街道，看着两边的骑楼，我们仿佛看到了它当年的热闹与繁华。这条街 1966 年前叫鱼街，这可是一条赫赫有名的老街，是坡头圩最古老、最热闹的街道之一，虽然它只有三四米宽。这里曾有一座陈氏三甲祠堂（早已夷为平地，现正重建，已建好主体）。人们说，先有三甲祠，后有坡头圩，可见它的古老。当年南二南三人民奋起反抗法国侵略者，抗法指挥部就设在这里。这条街还有一座很有身价的房子——“飞机楼”德记庄，它是李汉魂将军的私宅。这条老街，是历代海产品的交易市场，人民公社时期的坡头工商所、水产站也设在这里。老街的老，还有一个见证，那就是一口古井。这口古井何时挖的，已无从考证。人们只知道，1902 年，为解决吃水问题，人们扩建了这口水井。井水清澈甘甜，终年不枯，至今保存完好。古井应该还记得当年老街的盛况。

胜利路最大的特征就是两边的骑楼，因此人们称之为“骑楼街”。骑楼街建于清末民初，砖木结构，二至三层，各幢楼墙体相连，正面墙上并排开窗，立面基本无装饰，上层是住宅，下层是商铺，铺门向大街敞开。骑楼突出的部分把街道两边的商铺门廊串通成为沿街廊道，顾客可以沿骑楼街走廊自由选购商品。骑楼街走廊可以挡风雨，遮阳光。骑楼是西方建筑与中国岭南传统文化相结合的建筑物，成了坡头圩厚重文化的标本。然而风雨无情，剥落了骑楼的铅华。台痕上墙绿，小榕树都长到了它的屋顶上，几撮榕须死死地钻进砖缝。更增加了老街的冷清与落寞。

我们又来到了与胜利路相邻的红旗路。这条老街古称“牛车路”，因古时乡民多经此路用牛车运送农副产品往返坡头圩而得名。东北—西南走向的红旗路全长约 750 米，宽 5—8 米，两旁原为砖瓦平房，现多为混凝土结构楼房，沿街有商铺。称它为“红旗路”，可真跟红旗有关联。

那是 1900 年前后，法国人在此路段设立“坡头圩法国公局（在现坡头医院大院内）”，奴役坡头人民。1936 年 4 月 23 日，又强行推行“义务公役法”，引起民众的强烈反抗，三万多民众高举红旗，手拿最原始的武器和劳动工具，包围了“坡头法国公局”，遭到镇压，陈土轩、杨真贵、陈福章、李康保、陈兴贵五壮士的鲜血染红了头上的旗帜和脚下的泥土，壮烈牺牲了。民众的英勇斗争，迫使“义务公役法”停止执行，撤换了坡头行政委员殷多东，并解散“民团”。这就是史称的“三月三反法斗争”。坡头医院后院那两扇厚重的大门门板，应该忘不了当时的情景，红旗路更见证了吴川人民的英勇和胜利。这条路称得上红旗的名号。

我们来到了解放路，这是最长的一条老街，800 米长，7 米宽，以前叫

“中山街”，中华人民共和国成立初称“中山路”。不管叫街还是叫路，大麻行却是老百姓最熟悉的名称。因古时该街划设为专卖黄麻及黄麻制品行当而得名。街道两旁原是低矮的砖瓦平房，现多改为混凝土结构楼房。坡头解放后，滨海区人民政府、坡头区、坡头公社、坡头镇人民政府、坡头居委会、塘博村委会的驻地都设在这里，另外，坡头粮管所、第一粮油门市部、坡头供销社生产资料门市部、坡头盐务所，20 世纪 70 年代的坡头纺织厂、坡头收购站等也设在这条老街。这解放路成了坡头镇的政治中心和经济重地。

我们还逛了东风路。中华人民共和国成立初曾被称为“和平街”，而此前人们则称之为“正街”，可想而知当年这条老街地位的重要。这条老街东北至西南走向，约 400 米长，宽 3 米，红砖铺设，两旁多为砖瓦结构平房。当年有日杂店、“苏杭铺”（布匹商店）、米铺、药材铺等，逢一四七圩日，街道两旁还有乡亲摆摊。中华人民共和国成立后，坡头供销社办公室和农具、百货等门市部也设在这条老街。人来人往，好不热闹。

当年，这些街道曾是那样热闹繁华。市井熙熙，商贾攘攘，山珍海味，百货土产，天下万物，应有尽有。直到 20 世纪六七十年代，我“趁”坡头圩的时候，还亲身体验过它们那种摩肩接踵，水泄不通，生机勃勃的盛况。20 世纪 80 年代后，人们在它们的西面建设了新的商贸区，这些老街道才变得旧陋冷清，繁华不再。

今天，走在这些古老的街道上，我在逼仄中感到苍凉与厚重。窄窄的街道，就像一条时光隧道，让我们回到了遥远的过去，似乎看到了祖辈父辈拖着长辫子，或挑着菜蔬在烈日下摆卖，或走进“苏杭铺”掏出衣襟里的几文铜钱，购买着日常用品。它又像一本线装的旧书，供我们翻看里面记录的历史沧桑。

当我们走出古老街区的时候，新商务区那边已是万家灯火，霓虹灯闪烁不定，灯光映红了半边天，一派繁华的景象。此时，我的心释然了，老街区的冷清落寞，正意味着新区的繁华与时代的进步。

夜之海湾

中秋节前一天傍晚，偌大的校园一下子变得静悄悄的。耐不住寂寞的我，不禁想起奥体中心前面的观海长廊来，那里的夜晚该热闹些吧。于是，邀上三两文友，信步向奥体中心走去。

太阳已经落到海里，月亮还未升起，夕晖把天际的云朵染成金黄。远远望去，海湾大桥就像挂在半空中。南国港城，四季如春，时令虽是中秋，路树依然翠绿。只是中秋的夜晚来得早来得快，夜幕渐渐降落。海湾大桥上的灯光次第亮起，就像天街上闪烁着无数的星星。更神奇的一幕出现了，左边，汽车从高高的大桥上飞驰而下，明亮的车头灯光连在一起，像一条火龙从天上飞下来；右边，上桥的汽车红色的尾灯也缀在一起，就像一条不见首尾的神秘长龙跃上长空。一左一右，好像两条互不相犯的光河在迅速地逆向流动。

我们跨过了龙王湾路，来到了靠近大桥的观海长廊。长廊围着石栏杆，地面铺着花岗岩石块，建设有形状奇特的走廊。走廊这里平坦如砥，那里则建成几个层次，有些曲径通幽的韵味。长廊没有灯光，圆圆的月亮进入了我们的眼帘，场馆的灯光映照到这里，树木拖着长长浅浅的影子，长廊显得朦朦胧胧的。三五对情侣在这里呢喃低语。几步远的海水轻轻地吻着海滩，翻卷起的浪花如碎银一般。这轻轻滚动着的海水发出的声响，就如母亲在哄着将要入睡的婴儿。远处，南面的海湾慢慢远离桥灯，逐渐变得朦朦胧胧，只剩下星星点点的渔火在闪动。这里的海湾显得宁静、幽远，是一首内涵丰富的抒情诗。我的心也变得愉悦宁静。

站在走廊往奥体中心主场馆望去，前面宽阔的五环广场灯火辉煌，聚集着不少游人。只见主场馆和球类馆、游泳馆、综合馆灯火通明，主场馆墙幕上霓虹灯在不断地变幻着，远远近近的灯全部亮了起来，奥体中心成了光的海洋。几个场馆，就像几枚浮动在海洋中的贝壳，灵动而富丽堂皇。此刻，我的心变得明朗起来。

从走廊往前走，灯光灿烂处就是一片广阔的金色沙滩。这里早已是游人如织，男女老少，尽得其乐。游乐场自然是儿童的最爱，灯火辉煌中尽是欢声笑语。露天的卡拉OK，围满了音乐发烧友。人们或站或坐；或聊天或追逐；或放风筝或做买卖。这一片沙滩，远远地深入海湾。海风轻轻地吹，海浪轻轻地荡漾，似在奏着名曲。海边，一拨大人和小孩兴致勃勃地光着脚在挖螺，他们亲近着海湾，释放着兴致，收获着亲情。

转头回望海湾大桥，不经意间，大桥长长的霓虹灯亮了起来，赤橙黄绿青蓝紫，不断变换的灯饰，让人目不暇接。桥下的海面，被染成了光怪陆离的世界，波光随着灯饰颜色的变化而梦幻般地闪动。雄伟的大桥，被霓虹灯衬托得更加流畅灵动，犹如一道彩虹，让天与海连成了一片亮色。我曾流连于桂林的阳桥，穿行于凤凰城的虹桥，那些桥也流光溢彩，但和眼前的海湾大桥相比，那只不过是小家碧玉，欠缺的是气派。夜晚的海湾大桥啊，是港城一道独特的风景线。

举头向对岸望去，更是美不胜收。右边调顺岛高楼大厦从下到上，灿烂一片。高楼的灯光倒映在海里，海面也是一片光亮。对岸万家灯火的巨大背景中，金沙湾则是火树银花不夜天。远远望去，一片金黄，就如神话中金碧辉煌的琼楼玉宇。灿烂的灯光，把天宇的白云也染得色彩斑斓，星星没了踪影。最惹眼的是造型独特的喜来登双子楼，那变幻莫测的灯饰叫人眼花缭乱，叹为观止。一会儿全是红色，就如两盆熊熊燃烧的火焰；一会儿全是金黄，就如两掬金子在发出万丈金光；一会儿全是紫色，就像两簇盛开的紫玫瑰……灯饰变化无穷，我的笔墨有限，难描其万一啊！缤纷的灯光映照在海水里，海水也变得变幻莫测，浪花一闪一闪的，就像无数的珠宝在海湾中熠熠发光。两岸和海湾大桥的灯饰，互相映衬，夜之海湾啊，犹如一幅浓墨重彩的油画，太美了！我曾为秦淮河美丽的夜景而倾倒，但和眼前海湾的夜色相比，那是繁华辉煌有余而气派不足。今夜，我为夜之海湾而深深地陶醉了。

夜之海湾，多姿多彩而又宁静幽远，它是大美湛江的一个特写镜头，我好想把它拥抱入怀。

走进东岸村

星期六，坡头区作协到官渡镇采风，我们五人选择到东岸村的路线。

东岸村位于镇政府驻地西面约一公里处，东濒官渡海湾，西临石门海（因此而称东岸村），是个被海水围绕的处于山岭的村庄。1973 年官渡堵海大堤筑成后，325 国道从村前通过，交通才便利起来。

我们从 325 国道旁进村，只见一片开阔，水磨石的灯光篮球场排球场出现在我们的眼前。球场的西面，是一座面积为 980 平方米的高大雄伟的文艺楼，舞台两边各有一幅灰雕的图画，内容一为农耕图，一为耕海图，很形象地反映了东岸村的历史与现实——堵海前以耕海为主，堵海后农业也发展起来了。灰雕往里，就是一副对联：演千秋故事，聊将往事为时事；观百态人生，且以前人启后人。联语颇含深意。这高档的球场，雄伟的文艺楼使我们觉得这村子不一般。

走过球场，就是一条小河，我们坐着车，从小桥通过，往西，顺着环村水泥村道往村后走去。只见右边村舍井然，左面绿树挺立，绿意盎然，路边立着路灯，还有垃圾收集屋、公厕和集体建的牛舍、猪舍。到了村后最高处，下了车，不觉眼前一亮，左边低下去的地方，绿树满眼，听村民说不远处是个大果园，今年荔枝龙眼收获的时节，不少游人到此游览摘果子。右边是一个小公园，公园前面一块半圆石头上刻着“毓秀园”三个字，出自著名农民书法家梁土华之手。旁边是一棵据说有几百年树龄的大榕树，左右后几乎等距离约五米处各有一条十几厘米径的气生根撑着树枝，令大家猛地拍照。公园里曲径通幽，铺着绿草，设有乒乓球桌和健身器材，还错落有致地散落着好几块大大小小的石头。这些石头很有文化气息，四块较小的，分别刻着“勤”“俭”“孝”“和”四个字。公园后面一块高高的大石头，一面刻着新时期广东人的精神：厚于德，诚于信，敏于行。另一面刻着一首诗：

古树葱葱绿水长，山花烂漫稻花香。
李家儿女开新景，毓秀园居幸福乡。

这首诗写出了东岸村的美景。公园对面，是一座叫“幸福园”的建筑物。这座建筑物很有特色，前面是两层楼，楼的后面相对接着两排平房，各有十间左右的房子，后面则是一堵墙，上面“为人民服务”五个大字是 20 世纪 70 年代写上去的。中间是长长的活动场地。两边平房的走廊墙上挂着很多书法作品，这些作品都是坡头区书法家们的墨迹。每间房子都嵌着诸如图书室、阅览室、八音室、棋艺室……字样的牌牌，文化气息可窥一斑。这个院子原是公社化时期的联队队屋，建于 20 世纪 70 年代，砖混结构。创建文明村后，院子被粉饰一新，成了集办公、文化、娱乐于一体的“幸福园”。公园和幸福园，相得益彰，为村民休闲娱乐提供了好去处，东岸村村民真的好幸福。

我们告别了公园和幸福园，从有点陡的村巷徒步朝球场方向往回走，经过小桥流水，穿过球场，从文艺楼前往右走，一条水泥路把我们引到了一片面积有几十亩的杂树丛生的树林。据村民说，这是一片原始树林，村民对树林保护得很好，没人去砍伐树木。树木自然生长，叫得出名的和叫不出名的都有，高高低低，粗粗细细，千姿百态，疏密无序。其中一棵古榕，令大家停下了脚步，拿出手机拍个不停。这棵榕树，长有一两百支气生根，这些气生根又长成一棵棵树，各自生长又连为一体，形成了独木成林的奇观。这里绿荫覆地，清风荡漾，小鸟在枝条间跳跃追逐，不时放开清脆的喉咙在歌唱。说这里是小鸟天堂，真是名副其实。到此休闲，很是惬意。可能是为了保持它的原生态吧，没人给此地添几张石凳子。

走出小树林，经过一条弯弯的村道，我们又回到了文化广场。我们已经感到这是一个真正的生态文明新农村了，但随行的镇领导告诉我们一些东岸村的事情，更让我们感到东岸村的不平凡。东岸村东边，有一座闻名粤西的私人博物馆——粤西一品圆。这个博物馆有八万多件藏品，其中有些是孤品。村子西面有座“西堤生态农庄”，也别具一格。更特别的是，东岸村还办有颇具规模的东岸小学，献出 50 亩地协助政府办了一间东岸中学。一条村子同时拥有小学和中学，在粤西地区并不多见。

至此，我们就明白了东岸村幸福园里挂的“湛江市农村基本公共服务均等化示范村”“生态文明村”“宜居村”“平安村”“卫生村”等牌子，实在是实至名归。

一游东岸村，真不虚此行。

荷香满南寨

一年一度的湛江市坡头区（乾塘）荷花文化旅游节过几天就要开幕了。作为荷花节的主会场，南寨村已披上节日的盛装，村中漂亮的小别墅之间，拉起了一条条欢迎标语，“南寨抗日战争革命旧址”广福堂的旁边，拉起了一行行三角小彩旗，节日的气氛弥漫在这抗日战争时期革命村庄。

湛江市坡头区乾塘镇南寨村是一个抗日战争时期革命村庄，早在 1938 年党组织就在该村广福堂成立了地下交通联络站。同年，该村村民李时清（后任茂、电、信独立连连长和滨海区区长）等人加入了共产党，成立了党小组，成立了地下军。在中国人民波澜壮阔的抗日战争和解放战争中，南寨村人为民族独立人民解放做出了巨大贡献，有三位村民为革命献出了宝贵的生命。

中华人民共和国成立后，南寨村人民发扬光荣的革命传统，紧跟党走，积极参加社会主义建设，开始了改天换地的新战斗。特别是改革开放 40 年来，新一代南寨人，发扬当年先辈为推翻旧社会而勇往直前的精神，开拓进取，敢为天下先，闯出了一片新天地，使南寨这个革命老区村庄，闻名粤西。

中华人民共和国成立后，南寨人民当家做主，村子发生了巨大的变化。但是，客观条件制约着村子的发展，人民生活水平提高缓慢。全村百姓，住的几乎都是泥砖茅草房，整个村子只有四间瓦房。所谓瓦房，除了墙底部是红砖外，其他部分还是泥砖墙。台风来了，随时都有被掀翻的危险。人口也增多了（土改时全村只有380多人，现在是1200多人），但土地还是300亩左右，人均年收入不足一百元，离丰衣足食还很远。改革开放的大潮涌起，解放了南寨人的思想，也开阔了他们的思路，他们决心改变经营方式，广种莲藕，尽快走上致富路。

革命的精神，在这里得到薪火相传，革命的后代接过先辈的班，勇敢地带领群众走上致富的幸福路。这里不得不提一个人，那就是坡头区乾塘莲藕专业合作社社长李业祥，一位抗日战争时期武工队机枪手的儿子。

南寨人一改过去单一的种植方式，大力推广种植经济作物莲藕，并且大胆改良莲藕品种，把莲藕引种到旱地上来，使到全村的土地都适合莲藕生长，致富的路一下宽广起来。莲藕远比稻谷、番薯价高，种植莲藕经济效益相当可观，南寨村民尝到了甜头。可是，销路困难，一些无良的商家趁机压价收购，并且百般挑剔，除头除尾，只要莲藕中间那几节，使得农民增产不增收。在外办公司办得风生水起的李业祥回家过春节，听说了这种情况，心里很不是滋味，那顿年饭也吃得很不爽快。餐桌上年迈的老爸对他说："当年我们闹革命就是想让大家吃饱饭，过上好日子，现在家乡百姓生活仍不尽如人意，你能不能想个法子，让大家的生活都好起来？"老爸的一番话，触动了他的心，经过镇领导的动员，他决定抛去城里舒适的生活，抛去得心应手的捞钱机会，回到村子，从头开始，带领群众实现老一辈的愿望，同奔致富路。

他回到村子，马上成立莲藕专业合作社，将群众组织起来，抱团发展，产销一路。他为农户购买保险，提前和农户签订合同，共同商定收购价格，最大程度保证农户的利益，充分调动大家的生产积极性。针对过去无良商人的做法，他又投入巨资，办起了莲藕加工厂，引进了广东省第一条现代化的藕粉生产线，开辟了销售的另一条路，同时还解决了一部分人的就业问题。

在李业祥的带领下，南寨村人在致富的道路上越走越欢畅，生活越过越火红。一亩田莲藕的产值就达到近万元，加上其他收入，全村人均年收入近6000元。群众生活水平大幅提高，每年都有二三十户人家建楼房，一建就是三层楼，全村有50多辆小轿车，不少还是名牌车。

在这里，还要说说一位革命的后代，他就是革命烈士、当年滨海区区长李时清的孙子李建树。李建树是个公务员，过着衣食无忧的生活。但年纪不大的他，时刻不忘爷爷的初心，时刻惦记着村里的老百姓。他利用节假日和休息时间，回到爷爷战斗过的家乡，帮助组织群众搞好莲藕生产，发动大家捐款出力，搞好新农村建设。现在，南寨村建了小学，还建有漂亮的幼儿园，主要村道已实现硬底化，环村路正在修建中，高大宽阔的文化楼经常举办书法、美术活动和文艺演出，广场舞每晚都在这里进行。文化楼前是水泥铺就的标准篮球场，旁边设有健身设施。今日的南寨村，人人幸福，家家小康。先烈泉下有知，可以含笑了。

南寨这个革命老区，更精彩的一幕就是闻名遐迩的每年一届的荷花节。

乾塘镇万亩莲塘引来八方关注，不少人慕名而来赏荷。坡头区和乾塘镇因势而为，办起了荷花文化旅游节，文化搭台，经济唱戏，有力地促进了莲藕的生产和销售。荷花节的主会场就设在南寨村，荷花节的时间持续一个月，节日期间，南寨村人山人海，川流不息。人们赏莲花，尝莲藕，听粤曲小调，观诗词、书法、摄影、美术作品，好不热闹。各种报刊纷纷报道。整个南寨村洋溢在浓浓的荷香中。

荷塘绿了，荷花开了。革命老区南寨村，正奔跑在宽广的致富幸福路上。

未曾远去的帆影

用帆来借代船，这几乎是文学作品的普通用法。它给浩如烟海的诗文增添了高雅的诗情画意。“孤帆远影碧空尽，唯见长江天际流”“两岸青山相对出，孤帆一片日边来”，这就是诗仙李白有着“帆”字的名句。而如今，帆影似乎远去了。

千百年来，说到帆，人们就会想到船，帆就是船的象征。这也好理解，站在岸上，向水天之间望去，首先见到的就是帆，然后船身才慢慢地露出水面，“孤帆一片日边来”是真实的写照。

御风行船，帆就是最好的凭借。有了帆船，人们就可以负重物，绝江河，从此岸到彼岸；有了帆船，郑和就可以下西洋，哥伦布就可以发现新大陆，人们就可以远涉重洋，沟通彼此，发现新的境界。千百年来，船成了人们主要的交通工具。

我是海岛的儿子，村子离海不远，站在村子里，就可以看见高高的船帆在小树林上方向我驶来。

小时候，我要到西营（现霞山）探望父亲，就要坐两次船过两重渡。将要开船了，船工就绞动辘轳，把船帆升起。如果顺风顺水，风儿鼓满风帆，只要艄公掌好船舵，船儿就像骏马一般疾驰而去。尖尖的船头，像一把犁头，犁开碧绿的海水，被翻起的白色浪花，哗啦啦地从船舷两边迅速地向后滚去。船儿迎着波浪，一起一伏地前进。坐在船上，看着蓝天上的白云，浪尖上的海鸥，船边不时跳起的鱼虾，小小年纪的我，觉得很是好玩。要是碰上风不顺水不顺，那又是另一番恼人的景象。“做人最怕老来穷，行船最怕顶头风”，此时，艄公就要不时地转舵，船工就要随之变换风帆的方向，借助逆风的力量，使船儿能够前进。要达到前进的目的，船儿就要在海上按一个一个“之”字形走，曲曲折折的，要多花好几倍时间才能到达彼岸。这种境况，在我幼小的心灵中留下了深刻的印象，使我早早就明白了“道路是曲折”的，前进的旅程难得一帆风顺，人就要敢开顶风船。还有一种情况，那就是水不顺，海亦无风，船帆直立“鼓”不起来，船儿也就如没脚的残疾人，寸步难行。这时候，船工来了，他在船沿边的一根短柱上，系上棹（橹），弓着身子摇了起来。随着每一次棹的摆动，“哗——哗——”，浪花有节奏地响起，船儿也就一点点地前进。只见光着上身的摇棹船工，手臂和背部的一块块肌肉凸起，汗珠从头部沿着古铜色的脊背不断地滚下，在阳光照射下闪闪发光，跨步弓着身子的船工，就像一座会动的雕像，浑身充满着力量，那是一幅多么励人的画面啊！船工成了我整个旅程注视的对象，他在我的眼中高大起来！正因为有了他们，我们才能逆水行舟，最终到达理想的彼岸。

在这不太宽的海湾间，我不知坐了多少次船，船帆早已烙印在我的脑海里，我领略了船儿顺风顺水飞驰的畅快，更体验了顶风逆水曲曲折折前行的困境，从而懂得了许多做人做事的道理。

20 世纪 60 年代，海面上还有好多挂风帆的渔船、货船，但渡人的船却变成了汽船。再后来，连渔船和货船也由帆船变成了机动船，船行驶的速度快多了，不管水顺不顺，风顺不顺，船儿再不用走那曲曲折折的“之”字形了。帆影当然也远远地离去了，“孤帆”之类的词儿就难以进入现代诗人的作品里，文学方面似乎少了一点儿雅气。但我们应该高兴，因为这是时代进步的需要，是科技发达的见证，我们热情地欢送千年的帆影快快远去。

海面上再也见不到帆影，教学生读古诗文时遇到带“帆”的诗句，可能还要解释一番。但在我的心中，帆影又似乎未曾远去，一张张帆影时不时地在脑海里闪动。这时，我就会想起那逆水行舟开顶风船的老艄公，脑海里就会浮现出那雕像般船工的身影，那扬帆搏浪奋勇前行的精神，就鞭策着我不敢懈怠，在人生的旅途中继续迈进。

小城好安居

不知不觉，我到坡头城区工作生活已超过 30 年。友人相见，总要问起现居何方。得知我 30 年不变，仍住旧址，他们显得惊讶不解。我说，小城虽小好安居。

坡头城区很小，小到没有几条街道，最长的南调路贯穿了东西。两三年前，还被戏谑为全世界唯一一个没有交通红绿灯的县级城区。城区虽小，却如麻雀五脏俱全。市场超市，商店酒店，医院学校，甚至很有特色的南油文化广场的双休日地摊商场，令你买菜购物，十分方便，家居生活，简简单单。

坡头城区很小，小到时间似乎比别处多了许多。早上起来，跑跑步，运动运动，买买菜，泡上一壶热茶，再精神抖擞、慢悠悠地去上班也不迟。这里没有地铁，也不需要地铁，也不需要为赶着上班急着挤公交车。上班就在家的旁边，就在不远的附近，散着步去上班，最多骑着自行车去上班，上班锻炼两相宜，多惬意。小城让人的生活节奏变得轻松，心情愉悦。

坡头城区很小，小到城区只有几万居民，出门所见，大多是熟人，见面总要打个招呼，或者点头以示意。不熟识的也似曾相识，没有陌生的感觉，大家就好像是同住在一个大村子里的邻里乡亲。城内买卖公平，没有欺行霸市。大家和谐相处，没有暴力，没有凶杀，没有抢劫，没有见死不救，没有“扶不起”。办点事，找个人，是那样便捷。小城虽小，人却善良、素质高、心境宽。

坡头城区又很大，大到容得下五湖四海的人。因为大型国企南海西部石油公司落户坡头，这里就工作生活着数万来自不同地方的人。我不知道这里究竟生活着哪些省市的人，但是，在路上、在车站、在市场、在商店、在学校、在机关单位、在家属大院，我听到的有坡头话、有白话、有雷州话、有普通话和听不懂的外地话。南腔北调，盈于耳际。但你不用担心语言不同妨碍交流，卖菜的大娘也会说上几句普通话。不用忧虑语言之异造成隔阂，老村长照样和讲“捞话”的老南油喝着啤酒称兄道弟，各村庄的年例都有不少来自讲外地话的贵客。正因为来自五湖四海，正因为说着南腔北调，各种文化相互交融，不同习惯相互包容，才使得小城地不分南北，人不分你我，和睦相处，其乐融融。小城虽小，有容乃大，五湖四海，人心贵近。

小城很小，小得那样温馨，那样安宁，那样清新。坡头是第一批绿化达标县区，四季常绿的树木为你遮阴挡雨，树上的小鸟为你热情歌唱；海风轻轻地吹，为你吹走夏的炎热，冬的寒冻；不多的汽车悄悄地跑，微微的尾气少少的噪音让你感觉不到。街道井然，四时保洁，这里没有污水横流、垃圾围城。这里有蓝天白云红日，这里没有通宵达旦的纸醉金迷。每天清晨起来，都是一个宁静清丽的艳阳天。

我住在小城东南角的校园里。这里，三面绿野相绕，一面濒临蓝蓝的湛江海湾和葱茏的灯塔公园。小鸟在校内校外歌唱，书声在校园里琅琅。周围的村庄没有炊烟袅袅，然鸡犬之声可闻。三面田野或绿油油，或金灿灿。牛儿或在田地里劳作，或在悠闲地吃草。宁静的乡村，美丽的田野，似一条无形的纽带，把乡村和城市连在一起，让我在三十多年的城区工作生活并不觉得远离了农村，远离了家乡，似乎是从村子的那头，搬到了这头。

当朝阳从东边升起，或者夕阳映红了晚霞，我站在阳台上，或流连在灯塔公园里，看海湾大桥飞架东西，看飞舟与巨轮争渡，看清波在脚下荡漾，看红树林上鸥鹭翻飞，听汽笛声声，听涛声阵阵，我陶醉了。我真的感谢小城的小，它让我耳根清净，视野开阔，心情美好。

我漫步在小城的街道上，闭着眼睛也不会迷路。逛逛超市，进进商店，老板我认识，顾客是朋友，笑脸张张多熟识，声声问候多亲切。

朋友，小城真的好安居。

麻斜的渡口

坡头区麻斜街道办，三面临海，东、南面隔南三河与南三岛相望，西面过了两公里的海湾就是霞山区。独特的地理位置注定舟楫是它与外界来往的重要载体，从而催生了麻斜的渡口。历史上麻斜有三个渡口。随着历史的洪波，有的随波而去，有的则如浪花滚涌，日趋兴旺。

大概在现在南三大桥的位置，曾有一个小渡口，叫北花渡，小时候，我曾几次从那里坐船到对岸。北花渡的两岸没有码头，摆渡的是一艘小木船，接送的是来往于南三和麻斜的民众。这里水面不宽，船家撑撑篙，摇摇橹，船就过去了。以前霞山过南三的渡船收渡早，迟归的南三人赶不上渡，就只好经麻斜渡，再走一段路搭北花渡回去，北花渡为迟归的南三人提供了方便。随着交通的发展，汽船和车轮渡代替了木头船，来往于北花渡的客人少了，北花渡也就悄无声息地停摆了，20 世纪 80 年代出生的当地人，可能都不知道曾有过北花渡。

在南三河东面还有一个横水渡叫张屋渡。张屋渡，顾名思义就是位于张屋村海边的渡口，它对接的就是南三岛的王村。张屋村是肇基麻斜二张之一的村庄，约于宋末就建村了。历史上该村曾有过30多艘船，水运能力很强。很早以前，张屋村张氏就有后人迁居南三岛，可能也就此催生了张屋村与南三岛的交通，张屋渡也就应运而生，时间大约在明代，算是一个古渡口。

张屋渡摆渡的也是小木船，20世纪七八十年代，靠摇橹作动力的木船变成了机船。来往于两地也就更快更方便。渡口两岸也没筑有码头，直到20世纪末至21世纪初，小机船才拖了一块大海绵作移动小码头，加上一块跳板，客人上船也就不用脱鞋袜了。当海潮涨了，潮平两岸阔，小船就停在岸边，客人踩着海沙上船，很方便。如果是退潮了，两岸之间靠南三这边只隔着一段不太宽的海沟，而张屋村这边的海岸则是长长的滩涂，客人过南三岛，或从南三岛过来，就要走很长的一段滩涂才能上下船，如果是开着摩托车或骑自行车，甚至是搭了东西的，那就要走一段恼人的路程。随着南海西部石油公司落户东岸和坡头区建立，来往于张屋渡的客人猛增，渡口显得繁忙，因为从这里过渡快捷、方便、省钱。20世纪八九十年代摆渡的船家叫张亚德，服务质量超一流，大家都尊称他为“德叔”，哪怕是白发苍苍的老人，也是这样叫他。德叔脾性好、热情，又结实有力，每次停稳了船，就下来帮客人抱孩子、提东西、抬自行车，甚至把那些不愿脱鞋的男女客人一个个背上船背下船也没有半句怨言。他更有一“怪”特点，晚上收渡了，不管夜多深，只要你找到他，他二话不说，马上到海边开船送你到对岸，而且不收过渡费，全义务的。他的“理由”就是夜晚收钱不方便。德叔的好，客人有口皆碑，20世纪80年代湛江广播电台也来采访他并做了较长的报道。

繁忙的张屋渡一直兴旺着，大大方便了两岸的百姓。

南三河依然潮涨潮落奔流不息，但到了2011年，南三大桥建成通车，张屋渡无可奈何地在张屋村的史册上重重地画上了一个句号，永远收渡了。

与上述两个渡口相反的则是麻斜渡口，它越来越兴旺，越来越繁忙。

麻斜渡口是湛江最重要的客运渡口，说它最重要，在湛江海湾的渡口中没有之一。

麻斜渡口位于麻斜侯王庙前面不到一百米的海边，渡口开阔，码头用钢筋水泥筑就，对面就是霞山海滨码头，中间的水面约两公里宽。霞山的码头原来是法国人建的长桥码头。长桥码头走进了历史之后，码头才又建成了现今这样，这可是湛江市最繁忙的客运码头。

据张廖老校长说，麻斜渡口远在元朝就有了，原址在现码头的右边，没有码头，客人就在海滩上船。船儿悠悠的，迎着朝阳，背着晚霞，一摇就过了几百年。

1898年，法国人在麻斜设了“麻斜市”，建立了“东营”（兵营），法国人在进行市政建设的时候，修了麻斜街，也用青石和“红毛泥”（水泥），在渡口建了码头。麻斜街沟通了坡头、黄坡、吴阳、梅菉，甚至更远的地方，作为交通枢纽，从这个码头来往的客人也更多了，麻斜渡口也就更繁荣了。1911年，法国人将公使署搬到海对面，建了“西营”（即今霞山），后来又在东堤路那里筑了长桥码头，东营、西营来往更方便，麻斜渡口也就越发显得重要。

中华人民共和国成立后，人民政府更重视麻斜渡口的建设，将码头迁到现址进行扩建。1952年上半年码头归市交通局管理之后，渡船由木头船改为汽船，人们来往更方便了。1985年小汽船又改为车轮渡船，每隔30分钟就对开着一班船。车轮渡的开通，更方便了人们的来往。来往于此渡口的除了本地的人和车之外，更多的是坡头、吴川以致更远地方的车辆和人流。甚至南三大桥建成通车之后，不少南三的车辆也从这里来往，贪图的是方便快捷和省时。你站在码头上一看，汽笛一声响起，就是满满的一船人和车向对岸驶去，几分钟之后，两边的码头就是车水马龙。汽笛声声，呼朋唤友，笑声四起，好一派繁忙的景象。听说每天从麻斜渡往来的人不下7000人。要是节假日，两岸码头更是人山车海，水泄不通，蔚为壮观！轮渡汽笛声不断，上满客就走，开船顾不上原定的时间表了。

麻斜的渡口，几百年来披着历史的风烟在迎来送往，几个渡口有的衰败，有的更兴旺。但不管是衰败还是兴旺，都是麻斜兴旺发达的见证，更预示着麻斜美好的未来。你看，又一艘轮渡满载着希望和幸福离开码头，破浪前行了……

别了，渡口

好多年没光顾过渡口了，但我一直都没有忘记它。

我的家乡是南三岛，以前进进出出都必须靠渡口。因此，南三岛从东到西，就有北头寮渡口、石角渡口、新场渡口、张屋渡口、北花渡口、高寮渡口和湖村湾渡口。

湛江是个滨海城市，坡头要到霞山和赤坎，过去靠麻斜渡和龙王湾渡，后来，平乐车渡代替了龙王湾渡。

隔山容易隔水难。渡口，让渡水变得不难，人们可以借助渡口到海的那边。

但不难并不等于方便，特别是那木头帆船时代，摇呀摇，过个窄窄的海峡就要大半天。所以有句俗语叫作“南三人趁圩都是一日”。千百年来，一水之隔，耗费了人们多少时光，阻滞了世上多少事业发展。

海岛人的我，曾多少次受过海的“刁难”而心有余悸。我到坡头城区工作后，回老家想不脱鞋，就要过两次渡，先从麻斜到霞山，再从霞山过南三。要想只过一次渡，就要脱掉鞋子、卷起裤腿、扛着自行车、登上小机船走小渡口。真是有家难奔，走一次怕一次。渡口呀，叫我怎样说你呢？20世纪90年代一个春节期间，我要送儿子过海坐火车上大学。晚饭后，我们父子俩带上行李急匆匆赶到渡口，却被告知大雾锁渡，渡船停航。我俩急得像热锅上的蚂蚁，不知如何是好。北上的火车一票难求，误了点咋办？这时，一艘小机船来了，我们顾不得危险登上去。海面茫茫，浓雾弥漫，整个海湾好像被墨染过一般，根本望不见对岸的灯火。小船靠着一支手电筒，在滔滔滚滚的海面上漂行，差点儿和迎面而来的一艘船撞上，好不危险！小船在不停地开着，就是靠不了岸，平时车轮渡用不了十分钟就能过去的海面，似乎变得好长好长。时间一分钟一分钟地过去，火车开车的时间越来越近，我的心也越来越焦急。船儿在漆黑的海面漂呀漂，经过差不多一个小时的折腾，终于靠岸了。但此岸非彼岸，小船把我们送到了霞山海滨码头。我只能打的士，总算在火车鸣笛之前，把儿子送上了火车。我在长吁了一口气之时，恨恨地骂了一句，“该死的渡口！”

渡口是无辜的，只是那天天公不作美。平日里，渡口迎来送往够辛苦的了。它是流动通衢的站点，让货物互相流通，让行人自由来往；它是鹊桥，让有情人跨越海峡，让相思变成相聚。但时代的快速发展，人流、物流爆炸性地增大，人们生活节奏的急剧加快，让渡口不堪重负。君不见，逢年过节，渡口码头上那望不尽人流的窘迫；君不见，平乐渡口等着过渡的汽车排成长龙。更不要说，台风来袭，或浓雾锁海，人们只能望海兴叹。一艘艘渡船不舍昼夜，来来往往；渡口码头一片繁忙，热闹兴旺。可是，渡口的繁忙兴旺，却是交通事业落后、民众为海阻隔的见证！

千年的渡口成了交通的“瓶颈”，改革开放的大潮，需要更通畅的路径。

于是，在书写春天的故事的那一年，政府将湛江海湾大桥建设的大事立了项，一张白纸开始描绘蓝色的图画。

11年后，在“七月流火”的日子，成千上万的建设者汇聚在海湾的东西两岸，建桥的机声轰隆隆地响了起来。

三年后的最后一天，长 3981 米的双塔双索面斜拉桥横空出世，气势非凡地如长虹般架在东西两岸。它东连海川快线，西接乐山大道，再通往遥远的地方。

通车的那一天，我和市民们一起，奔上了海湾大桥，跨过了对岸，奔腾的海水乖乖地在脚下流过。从此，天堑变通途，车辆在桥上川流不息。

紧接着，2008 年 9 月 28 日，在南三河的两岸，敲响了南三大桥奠基的锣鼓，2009 年 5 月 18 日，响起了正式动工的礼炮，2011 年 9 月 28 日，一辆辆披红挂彩的公交车满载着幸福和欢笑，鸣着欢快的汽笛从桥上驶过，奔往海那边的赤坎霞山城区。它们的后面，各种车辆驶过大桥，奔向远方。

从此，我不再需要进出那渡口；从此，我归家的路不再难；从此，两岸不再有交通的“瓶颈”，人流、物流往来一路顺畅；从此，海东新区强势崛起，东岸的观海长廊也和西岸一样漂亮。

你再看看，两岸渡口的人流不见了，平乐渡口的车龙消失了，南三渡口的车轮渡没有了，渡口昔日熙熙攘攘的繁忙景象不再了，显得无比萧条冷落。更有甚者，石角渡口、张屋渡口、北花渡口和湖村湾渡口，先后因已无人来往而成为陈迹，只能在历史文献中才寻找到它们的名字。

渡口啊渡口，我感谢你，当年是你让我能往返于两岸。

渡口啊渡口，我更热烈地祝贺你！祝贺你萧条冷落，甚至于走进历史的册页！因为你的冷落或消失，体现了时代的进步，湛江的沧桑巨变，体现了湛江交通事业的飞跃发展！这不，调顺岛大桥的桥墩正快速地往对岸延伸，建设连接云湛高速公路的南三岛大桥工程也万事俱备，静待动工。

再见吧，湛江的渡口！

窗外

我家住在学校临海的楼房，每天归来，我总喜欢靠着窗台边往外看，窗子就像一个取景框，给我取来一幅幅不同的美景，给我带来一天天美好的心情。

楼房的西面，无遮无挡的就是湛江海湾。靠着窗口，近观岸边，红树林密密麻麻，浮绿叠翠，候鸟翔集。远望，对岸高楼竞耸，公园毓秀，海中百舸争流，港口吊机林立。好一幅海湾怡人图。潮涨潮落，几次窗户开闭，不经意间，远处，彩云之间横架着一道“彩虹”，在天宇蓝色的背景下涂抹出一道靓丽的风景，充满着诗情画意；夜晚，“彩虹”上华灯和天幕上的星星一起闪亮，使人觉得天空似乎很远，又似乎很近，顿时产生无数的遐想。岸边，悄悄地“长”出了长长的军港，不时的几声汽笛响，给美丽的海湾增添了无限的生气。军港码头前一艘艘银色的战舰高昂着舰首，给海湾怡人图添上了最动人的笔意，画面显得雄伟壮丽。每每看到这幅图，自豪之情油然而生。

楼房的南北两面，窗外的风光与西面的迥然不同。

南面，窗子给我框住一幅城乡和谐图。一条巨大的长海堤把我的住处和一个不大的住宅区连在一起。堤外，海潮涨涨落落，浪花奔奔跳跳。堤内，平湖潋滟，绿野绕湖，几只水鸟不时掠过水面。稍远处，群楼伴着农舍，炊烟绕着马路。安然、宁静，似乎悠远。朝朝暮暮，春去秋来，不知是哪一天，静寂的湖水边绿野旁，“噔——噔——”的打桩声破空传进了窗里，窗子框住了若干座打桩机，也框住了沸腾的场面。夜幕降临，打桩机顶上一盏盏“小太阳”放射出耀眼的光芒。工地上还闪耀着来来往往的汽车灯光。阵阵的打桩声中，一座座楼房在脚手架的护卫下悄悄长高，一个大楼盘的雏形已经形成。窗外，又是一幅崭新的图画。

北面，窗外的画面就像舞台上的背景，不长的时间就变了一个模样。当我刚搬进来住的时候，窗子给我框住的是这样一幅单调的图画：小小的海湾小小的海堤，汪汪的稻田裸露的瘠土。我就在这小海堤上来来往往，沐浴过场场风雨，走过了个个春秋。当燕子在斜风细雨里离离归归中，脚下的小海堤变成了柏油大道，小海湾成了大公园。裸露贫瘠的土地上建起了大马路，长起了棵棵路树，耸起了座座高楼，出现了数个楼盘，涌现了一方热热闹闹的新城区。我家的取景框啊，取景的频率也太快了。

窗外的风景实在太美，太丰富多彩，就像我小时候蹲在街边，花上一分钱津津有味地看着的万花筒。可那万花筒里的景物虚幻、缥缈、细碎仅存于筒内，而窗外的风景真实、清晰、宏大且就在眼前。茶余饭后，工作之余，我总喜欢靠着这边的窗户看看，走到那边的窗户望望。望云舒云卷，潮起潮落；望风生水起，气象万千；看新楼崛起，红土添绿；看南兴北旺，日新月异。看到的都是今天的美景和变化，望到的都是明天的前程和辉煌。

窗外美不胜收，窗内心旷神怡。我向往窗外，向往美好的未来。

路

最近，我们学校周边正在大范围地修路——灯塔路在拓宽，连接灯塔路和未来沿海大道的一段路在开建，学校旁边一条长长的临时道路刚刚竣工，交通更便利的同时，学校东南面的数百亩水塘洼地也将得到快速开发。站在高处四下望去，只见条条大路越来越长，越来越多……

遥想30多年前，坡头区还没成立，这里并没有路。现在的灯塔路一带，原本是一片坡地，长年种着番薯、木薯等。车行至此，庄稼会告诉你：此路不通。

那时候，我们学校所在地就是一个小海岛，连接它与外界的，只是一条高低不平的小海堤，若是夜晚，行人根本不敢从这条路上走。有一年，小海堤还曾被海潮冲垮过。

1984年，坡头区成立了，城区的建设随即拉开了大幕。灯塔路建设率先启动，吹响了城区建设的冲锋号。随着道路建成通车，道路两旁便耸起了一幢幢高楼，办公大楼建起来了，居民楼建起来了，市场建起来了，商店建起来了，旅馆酒楼建起来了，中小学校建起来了，幼儿园建起来了……这里变得人如潮涌，车如川流，一个崭新的充满活力的城区出现了。

我们在小岛上的学校正式开建了。一车车的泥土把崎岖不平的小海堤填成了一条宽约4米的通道，一车车的建筑材料源源不断地运进了工地。堤外潮起潮落，海水不断地冲刷着堤坝，泥土不断地流到海里。天寒地冻，我和学生们高卷裤腿，下到海滩挖海泥，填补着这条临时填起来的泥路。冬去春来，泥土路变成了敦实平坦的沥青路，小路变成了汽车也可以对开的大道，不怕风吹雨打，不怕海潮冲刷，道路越走越宽敞，人心越走越欢畅。

近几十年来，我国的建设可以说是从“路”开始的。中国首先是选择了一条改革开放之“路”。一走上这条“路”，中国这辆时代列车就以一日千里的速度奔跑起来。“要想富，先修路”成了全民的共识并且马上行动起来。你看，天堑变成了通途，乡间小路变成了通衢大道，高速公路长达十几万公里，最先进的高铁长度占了世界总里长的60%，毫无争议地稳居世界第一。修路的结果，就是路通财通，有力地促进经济的发展和繁荣，中国由站起来到富起来到强起来。草房变成了楼房，乡村变成了城市，14亿多人民，对自己所走的道路越走越充满自信。

我们这个新区的路变得越来越多，越来越长，越来越宽。海湾大桥这条路，让海湾东岸变成了湛江的城市副中心；海川快线、海东快线大大缩短了区内的时空；还有众多纵横交错的路，织成了快捷的交通路网。走在这四通八达的道路上，我经常迷了路。

机声隆隆，人声鼎沸，校门前修路的工程正处在高潮，很快这里就会变得路通车如流。更让我兴奋的是，我家的窗外，一条十多公里长的沿海大道也已被提上日程，刚开始修建的一小段荣昌路将延伸到南油第五生活区，将来我们这一片的出行将会更加方便。

“地上本没有路，走的人多了，也便成了路。”鲁迅先生这句富有哲理的话，成了今天中国走改革开放之路的最好注脚。是的，中国改革开放之路前人没有走过，是中国人民凭着勇于开拓的精神走出来的。让我们坚定自信，勇敢地走下去，不断开辟新的境界。

修路还在进行中，我们的道路定将越走越宽！

路，给学校发展插上翅膀

庚子暮春时节，我家窗外的湛江海湾哗啦啦地翻起了无数欢乐的浪花，校园和公园里，树木抖落了满身黄叶，吐出了树树新绿，鲜花争艳，特别是校园里高大的木棉树花红似火，如半空中飘荡着朵朵彤红的云彩。

湛江市坡头区第一中学校园西面围墙外的海滩涂上，不时传来轰隆的声响。原来这里正在铺路、架桥、建大道——向南伸往南油四区、向北连接军港大道的湛江市坡头区军港大道二期工程。这条军港大道二期工程由路和桥组成，长约 2.9 千米，红线宽 36—60 米，面向海湾的一面还设计有观海长廊。现在正在繁忙施工的，是搭建由坡头区第一中学沿坡头区灯塔公园向西延伸的建桥工作栈桥。看着眼前不断延伸的工作栈桥和正在已建好的栈桥上来回奔跑着的施工车辆，不用多想，谁都知道，桥、路建好后，学校周边的交通环境将得到极大的改善，市民们出行将更加方便，同时湛江海湾东岸又多了一个观海的好去处。我和大家一样，时刻关心着这座军港大道二期工程的建设，时不时就到工地旁走走看看，心里默默地说，军港大道二期工程啊，你快快竣工吧！我急着欣赏你的雄姿，体会奔跑在你路面上的幸福和观赏那美丽海景的喜悦。

听着工地上传来的轰鸣声，我就想起30多年前的往事，一段没有路的艰难往事。

1984年，湛江市属坡头区从湛江郊区析出，来到南海西部石油公司所在地附近安家建区。新建的坡头区一无所有，白手起家，干部职工只能在刚搭起的竹棚里办公、生活。在那万事待兴的困难时刻，区委区政府的领导首先想到教育事业，第二年的八月份，他们在闷热的竹棚里做出了创办区的第一中学的决定，让建区大业，教育先行。匆忙间，学校就在南调路与北山村之间20亩土地上搭建竹棚按时在9月开学了。我作为学校第一代“开荒牛”，背着简单行李来到了这所竹棚学校，参与了学校的艰难创建，也有幸见证了学校的一路发展和取得的辉煌成绩。

为了学校更好地发展，为了坡头区40多万百姓的子孙后代有一个良好的读书环境，更为了尽快地提高坡头区的教育教学质量，改变坡头区教育事业的落后面貌，学校开办不久，领导就决定搬迁，把学校搬到面积更大、环境幽美的风水宝地鲤鱼岭。鲤鱼岭三面碧波荡漾，一面绿野相绕，确是一个读书的好地方。

在村民的支持下，新校址的90亩用地被征下来了，搬迁学校的宏大计划，迈出了关键的第一步。但是，计划是美好的，而现实却是困难重重的，因为鲤鱼岭本来是一个小海岛，没有一条可通车的路进入那里。

我和校长开始去“寻路”，看看有没有可修路的条件。我们首先从北山村穿过，只见村子与新校址之间隔着一片农田，中间只有一条小田埂可通鲤鱼岭，很多时候，这条田埂都是一路淤泥，穿着鞋就过不去。再绕到现在灯塔路这个地方，那时这里是一片耕地，番薯、木薯、豆子等农作物正蓬勃地生长着。走到这里，庄稼会告诉你：此路不通！越过这片庄稼地，就是一条长300多米的小海堤直通到鲤鱼岭，小海堤堤面尖尖的，凸凸凹凹，高低不平，人走在上面晃悠悠的，一不小心就会摔跤，1986年小海堤还曾被海潮冲垮过。

如果没有路，学校建设和搬迁就是一句空话。望着不远处得天独厚的鲤鱼岭，我不禁长叹：新生的学校啊，你的路在何方？

路是人走出来的，更是主动修出来的。坡头区成立后，城区的建设随即拉开了大幕，道路的建设首当其冲，正在建设中的区政府办公大楼旁边的灯塔路建设率先启动，吹响了城区交通建设的冲锋号。从推土机第一声轰鸣开始，我们就看到了学校建设的希望，恨不得亲自加入筑路的队伍，以加快筑路的步伐，让学校顺利地搬迁。满载着全区人民希望的灯塔路终于建成通车，学校新校址建设的一个最重要的交通“瓶颈”被打通了。学校搬迁的大事犹如云开雾散，豁然开朗，学校建设终于正式启动了。

学校的建设，是从修路开始的。我们首先对那条崎岖不平的小海堤加大加高，一车车的泥土填起了一条宽约 4 米的通道。学习、生活在竹棚的师生，为了不让冬季的大海潮冲垮泥土还不够结实的这条新路，卷起裤腿，下到冰冷的海滩里，用双手挖起海泥，填补在堤坝身上。有了路，一车车的建筑材料源源不断地运进了建校工地，荒凉的小海岛一下子喧闹起来。随着时间的流逝，一幢幢大楼拔地而起，对搬校盼望已久的师生们高高兴兴地通过自己亲手修建的大路把学校搬迁到了新址，一间充满希望的重点中学崛起在湛江海湾东岸的海边。

春去秋来，在政府有关部门的努力下，学校门前的泥土路变成了敦实平坦的沥青路，小路变成了汽车可以对开的大道，道路两边的人行道还铺上了漂亮的花砖，路灯让道路夜晚亮如白昼，绿树让道路变成公园的一部分。道路越走越宽敞，人心越走越欢畅，学校越办越好，质量越来越高，广东省一级学校、广东省高中教学水平优秀学校、广东省国家级示范性高中、广东省德育示范学校，一块块铮亮的硬硬的牌子挂在学校大门的墙上，一批批学子从学校门前的道路上走出去，迈进了著名高校，成为国家建设的有用之才。是宽敞的道路，给学校发展插上了有力的翅膀，让学校快速地腾飞。

学校周边的道路建设如一辆走上高速公路的快车，越走越快。灯塔路经几次扩建，现在已达四车道，外加两边的非机动车道，显得非常宽阔，师生们说，灯塔路都可以开飞机了。灯塔路路面平坦整洁，两旁绿树成荫，夜晚两边华灯齐放，非常漂亮。师生们进进出出校园更方便、更快捷了，师生们说，走在灯塔路上，心中就充满着幸福感，上课学习更带劲了。机声隆隆，人声鼎沸，道路的建设正处在高潮。经过灯塔公园门口，穿过学校东北面的田野，连接南油第五生活区的荣昌路开了一个好头，已修好了灯塔公园门前一段。校门前一条通往绿地·新里海玥小区的沥青道路也早已修好，虽说是一条临时道路，但也平坦顺畅，一棵棵黄槿树，就像一把把绿色的遮阳伞一路地站立在道路两旁，这条两公里长的新路显得清新幽雅，在畅通交通的同时，也为居民提供了散步休闲的好去处。

学校周边的道路建设还在紧锣密鼓地进行着，不经意间，军港大道二期工程的工作栈桥又延伸了好长一段，每天都吸引着不少市民来观看。人们已在纷纷憧憬着工程竣工后自己的美好生活。我则想到，工程竣工后，我们学校的交通将会更方便，环境将更漂亮，学校发展的翅膀将更有力更坚强，学校也因此成为各地莘莘学子向往的地方，粤西名校的名头必定更响亮。

学校濒临的湛江海湾上，百舸争流，一片繁忙；海面上那星星点点的鸥鹭，搏浪翻飞，风流潇洒。我们脚下的道路越走越宽广，我们的前程也越来越美好。感谢您，学校周边的那一条条道路！

省运东风又一枝

——记坡头区一中运动场

广东省第十四届运动会将在湛江市举行，这一喜事如一股温暖的东风，把南海滨城吹得繁花似锦，面貌焕然一新。这东风更吹起了一大批体育场馆和设施设备，湛江市坡头区第一中学运动场，就是这股东风吹生的一枝花。

坡头区第一中学运动场年久失修，已显得非常破旧。为了迎接省运会召开，大会组委会决定重建坡头区第一中学运动场，把它建成主要供省运会男子足球甲组比赛的赛场，并可作田径训练比赛的场地。坡头区一中运动场建设工程浩大，耗资颇大。运动场占地面积 14004.5 平方米，建设项目包括足球场、环形塑胶跑道、田赛场地、看台、风雨跑道和围墙。

运动场建设工程由颇具实力的广东永盛建设工程有限公司承建。工程自 2014 年 9 月 2 日正式开工后，足球场、围墙、看台建设同时展开，首先竣工的是东、南、北三面的围墙。2015 年 3 月 1 日，随着覆盖在整个足球场上透风保水的土工布全部揭开，足球场的真实面貌也呈现在人们的面前，只是作为场内草皮的草儿才张开了几片小叶芽。到笔者下笔作此文时，除了主席台上的遮阳棚顶架还未盖顶外，看台（不包括看台下的风雨跑道）已全部完工，田径场地已进入铺设塑胶工序，一座雄伟的现代化的体育运动场已基本露出了它的真容。当走进这座运动场时，我惊叹于它磅礴的气势，艳丽的容貌，先进的设施。你看，足球场上绿草如茵，塑胶跑道殷红似火；高高长长的白色看台在阳光下映着银色的光芒；两个半圆的田赛场地，或是红色塑胶铺就，或是绿草间着红色的塑胶；运动场的空地上则被绿草覆盖。整个运动场五颜六色，相互映衬，给人一种大美的感觉。我想，偌大的一个运动场，建设者把它建设得如此大气又不失精美，真是令人叹服。

足球场应该是这项工程的主角，因为它将承担着省运会的男子甲组足球比赛。足球场长 105 米，宽 68 米，是一个符合国际标准的足球场，它四周建设及安装有排水系统和供水系统。足球场建设，并不像我们想象的那么简单，只要把泥土搞平，最多种点草就行了，而是有着严格的工序和复杂的施工。首先要把原土挖掉，然后填上 300 毫米厚的碎石，再覆盖上 300 毫米厚种植土，再在上面按照严格的配方铺上一层薄薄的泥沙混合种植土，搞平，最后撒上草种子。你别小看这一粒粒小小的草种子，它可姓“洋”不姓“土”，身份高贵得很。它来自荷兰，名字叫“兰引三号结缕草”。结缕草 3 月 1 日掀掉了头盖时，只露出了嫩嫩的叶芽。可它生长很快，到现在已是草缕蔓长，绿油油一片，特别惹人喜爱。这 8046 平方米（包括田赛的部分）嫩绿的天然大草坪如一张巨大的绿茸茸的大地毯，给人一种生机勃勃而又空旷大气的感觉。2015 年 6 月，提早上演的省运会足球比赛就要在这里举行，我想，在这软绵绵的草坪上踢球，应该是一种享受。而一场场精彩的绿茵大战，也将令观众如痴如醉。

足球场东面隔着跑道的地方建有跳远区，跳远助跑跑道为红色的 20 毫米加厚塑胶跑道，跑道的两头，各有一个跳远沙池。足球场外南边半圆区内铺有两块作推铅球比赛用的呈扇状的天然草坪，还铺设有红色的跳远助跑跑道，跑道两头也分别建有一个跳远沙池。北边的半圆区则铺满红色的塑胶，作撑杆、跳高的助跑跑道。

足球场和两头半圆区外面，就是跑道。跑道呈环形，由南北两个半圆和东西两段直道组成。半圆的内半径长 36.5 米，每边直道长 84.39 米，作为起跑点和百米跑的西面直道，还向两头延伸达 147 米。跑道的铺设是一项技术活，程序并不简单。首先，要将跑道位置的原土挖掉，接着均匀地铺上 250 毫米厚的碎石层，压实。再铺上 200 毫米混有 6% 水泥的石粉稳定层，经反复碾压压实。然后，铺 50 毫米厚的中粒式沥青混凝土，压实，再铺上 30 毫米厚的细粒式沥青混凝土，也要再三碾压。最后，再铺设 13 毫米厚混合型聚氨酯塑胶面层。这个时候，跑道的铺设才叫完成。整个塑胶跑道为火红色，面积达 7530 平方米。红色热烈，能使争冠的健儿更加投入比赛。

运动场的西面，则是高大雄伟的看台了。看台占地 2001.5 平方米，总长 120 米，高 14.6 米，共分三层。一层前高 3 米，后高 5.4 米，为风雨跑道和运动员休息室。风雨跑道宽 8.4 米，也要铺上沥青和塑胶，供运动员在刮风下雨或烈日暴晒时训练用。到现在，风雨跑道已完成了沥青、混凝土的铺设，塑胶即将开始铺设。二层高 3.8 米，为座位和功能室。座位共有七行 1200 个。三层高 3.3 米，设有各种功能室。最上面位于主席台上方的，是飘出来面积为 350 平方米的遮阳棚，高 2.1 米，棚盖四周的骨架由高 600 毫米的工字钢焊接而成，上面盖铁皮瓦。看台四周贴上白色的纸皮瓷砖，各级座位的地板则贴米黄色的瓷砖，整个看台显得雄伟亮丽洁净。

运动场东南北三面的围墙已经建好。围墙高 3 米，下面部分是砖砌的墙体，墙体上贴着米黄色的瓷砖，围墙每隔 4 米远，就建有一根钢筋砼柱子，柱子则贴着青灰色的文化砖。砖墙上、柱子间是铸铁围栏。运动场非运动区的空地都铺上了草皮。

运动场在建设期间，不知吸引着多少师生在课余时间前来窥看。因为他们热烈地期盼着省运会高水平的赛事在这里举行，也盼望着省运会后他们也能在这个高档次的运动场上踢球、跑步，进行各种锻炼。

雄伟宽广而又美丽的坡头区一中运动场，是迎接省运会东风催生的一朵鲜花，它正以迷人的风采迎接省运会的到来。

番薯『翻身』助小康

小时候是番薯养大了我。青少年时代，为了活命，一天三顿吃的都是番薯，甚至一年有好几个月吃的还是番薯干，真的是吃怕了，以后对番薯是“敬而远之”。那时候，番薯虽有活人之功，但地位低下。我们本地人骂人或说人没用，就爱拿番薯来作比，说“你这个番薯头”。因此，番薯难登大雅之堂。然而，近日吴川市稳村一行，却颠覆了我向来对番薯的看法，我欣喜地知道，番薯“翻身”了，再也不低贱了，甚至成了助力百姓奔小康的宝贝。

那天，我们一行去稳村参观。还未进村，就眼前一亮，村口左边有一组巨大的由著名雕塑家简向东根据该村元代乡贤、进士鞠杲事迹创作的《教化乡梓》雕塑，右边两座建筑物的楼顶上分别竖立的“不忘党恩情”“永远跟党走”大标语，格外醒目。村道口用茅草搭建的很有特色的牌楼，上面挂着“广东吴川稳村番薯文化节”引起了大家的兴趣。我们穿过牌楼走进村里，只见村道宽阔整洁，直道横巷全部硬底化，道路两边的墙壁上有很多文化专栏和标语，内容丰富多彩，如“八德栏”“六尺巷的故事”等等。村内见缝插绿，不时见到鲜花盛开，绿草铺地。我们走进一个很雅致的小院里，里面有绿草坪、奇树、鲜花、固定的石圆桌圆凳。院子右边是一座小楼，左边是几间平房，一位老人家忙着搬椅子出来给我们坐。老人很健康，满脸笑容。陪同我们参观的一位村干部告诉我们，这是一户“五保户”。我说：“哇！‘五保户’生活的环境都这么优雅，真的太幸福了！”那位村干部说，是的，稳村百姓现在的生活是幸福安康的，但数年前不是这样。我说：“家家高楼别墅，住得比我好得多，我没看到贫穷的痕迹呀。”这时一位女村干部就向我介绍起稳村来。

她说，稳村是一个有上千年历史的村子，祖祖辈辈都希望过上安稳的日子，但总不如愿，直到前几年，它还是一个省定的贫困村呢。村民靠种植水稻、番薯间或打鱼为生，人多地少，耕种单一，村民生活比较贫困。全村1800多人，却有贫困户27户100多人。2015年村集体年收入仅6000元，村民人均可支配收入5000元左右，贫困人口还不到4000元。村民饮水难，行路难，耕种难，年轻人讨老婆也难，俗话说，“有女不嫁稳村郎”呀。

这位女干部接着说，党和政府记挂着贫困村庄的百姓，在想着办法帮助群众脱贫奔康。湛江市纪委监察委牵头几个单位，扎根稳村，帮助村民理清发展思路，其中一个就是因地制宜，打造番薯品牌。

从女干部的介绍中我了解到，稳村地处鉴江下游西岸，历史上因海水倒灌，土地略带咸质，利于番薯生长。所产番薯，味甜醇厚，不粘不腻，蓬松绵软，属番薯中的上品。扶贫小组和村干部就发动群众，大种“无农药良心食品”番薯。全村600亩适宜种植番薯的土地全部种上番薯。同时，大做番薯文章，注册了“稳村番薯”商标，邀请作家、诗人来采风，结集出版《番薯崛起》文集，打造各种销售平台，全面拓宽销售渠道，举办吴川稳村番薯文化节，稳村番薯知名度和认可度迅速提高，被湛江市评为“十大扶贫明星产品”、最具人气“湛江名牌番薯”。一时，过去无人问津的低贱的番薯成了“抢手货”，成了餐桌上的美食，被精心装在精美的箱子销往省内外。著名作家洪三泰慕名到访，还写下了《稳村番薯赋》。另外，他们延伸产业链，开展番薯深加工，形成番薯、番薯月饼和番薯年糕系列产品，使村民收入成倍增加。番薯在稳村翻了身，也助力稳村脱了贫，走上了小康之路。2019年，村集体收入40.8万元，是2015年的67倍，村民人均收入20696元，贫困人口人均收入16743元。4户贫困户成了番薯专业大户，其中吴日来销售番薯和薯苗年收入最高达50万元，全村贫困人口全部脱贫，稳村摘掉了贫困村的帽子，光荣地退出了相对贫困村的名录。

我们溜达在村子的横直村道上，入目所见，都是新楼房，村子里最旧的建筑物，就是那座宗祠。村民们的楼房虽高矮不一，大小有别，但座座漂亮，装饰华丽，令人羡慕。在一座新楼门口，挂着一副歌颂好生活的对联，我走近欣赏。门口那个大婶说，是我老公写的。自豪之情溢于言表。村民们口袋里有多少钱我不知道，但从一幢幢楼房上，从大嫂的语言中，我知道稳村的百姓生活是富裕的，他们非常满意现在的生活。

出自农门的我，知道立秋过后就是番薯种植的时节，稳村新一造的番薯种下了没有？当我们来到了村边，答案就出来了。我们面前宽广的“前边垌”，一望番薯已经抽枝长叶，长势良好。笔直的番薯畦一行一行的，蔚为壮观。我想，稳村的番薯又将获得大丰收，祖祖辈辈追求的小康生活，更稳了。

『领头雁』率众奔富路

广东湛江吴川市唐基村是个美丽的村子，我们慕名前往参观。

一进村子，果然名不虚传。漫步村中，只见硬底化的村道平坦整洁，村内楼房耸立，绿树成荫，其中有一棵见血封喉树，树龄已有800多年，高三四十米，树干粗壮笔直，要几个人牵手才能围抱得过，特别引人注目。大小村道，各种文明标语随处可见，村子洋溢着文明和睦的氛围。村中学校文明大气，幼儿园灵动可爱。村边那总占地面积20多亩的集体鸡舍，由黄竹围就，蓝色琉璃瓦盖顶，古色古香，里面空地种满番薯蔬菜，成了一道美丽的风景线。不是村干部提醒，我还以为自己误入了雅舍农庄呢。徜徉在村子里，人就像在画中游。我赞叹：大手笔，真漂亮！问了陪我们参观的村干部林艳，才知道是村子请了浙江大学专业设计团队进行规划设计的，然后按照“三清三拆三整治方案”，进行整治建设，以建设美丽宜居乡村。我们今日所见，就是整治的成果。

村外 373 省道旁的唐基村综合农贸市场，更让人眼界大开。这个农贸市场外观雄伟大气，不亚于城里的超市商场。里面各种商品琳琅满目，应有尽有。我们是下午进去的，还看见里面各个铺位生意兴隆，海鲜、家禽、肉类，蔬菜，正在热闹交易。

我一边看一边想，唐基村哪来那么多资金进行村庄环境整治，基础建设？

林艳说："我们村有着不忘初心，全心为民的'领头雁'。是他们带领村民创造了财富，美化了家园。"在充满自豪的话语中，林艳给我讲起了唐基村的过去、现在和未来。

唐基村村子不小，有着 1121 户人家 4680 多人。过去村民观念落后，要么是守着几块薄田耕种过日子，要么就是外出打工挣些小钱，普遍不富裕，全村还有 11 户贫困户呢。2011 年，这么大的村子，集体年收入只有 8000 块钱，还欠着不少债务呢。2011 年，村领导班子换届了，新上任的村党支部书记孙茂荣，决心改变思路，充分利用本村拥有的区位优势，搞活经济，带领群众走共同富裕的道路。

唐基村处在 373 省道旁，交通方便。2016 年，经过三番五次的研究论证，以孙茂荣为领导的党支部，决定发动群众，以股份制的形式，在省道旁建设一座综合农贸市场，让唐基村成为周边村庄的商业中心，为村民提供一条重要的农产品销售渠道。他们说干就干，首先制订了《唐基村综合市场建设入股方案》，股份分土地股和资金股，资金股每股 100 元。出于共同富裕的初心，方案规定每个股民限购 60 股，也就是封顶上限为 6000 元。这样，就保证了人人可分红，家家共富裕。最后筹得资金 3000 万元，建起了一座占地面积 7000 平方米、建筑面积 2 万平方米的综合市场。市场完全按城里的商场的标准建设，宽阔大气，电梯、空调等各种设施一应俱全。市场一建好，就引来众多商家租赁。听林艳说，夺得头筹的是我认识的湛江市坡头区家福商场的李老板，他连一楼大厅也租下了，因为疫情未解，所以大厅还未开业。

综合市场的建成，马上产生了良好的效应。唐基村成了附近村的商业中心，带动了周围各种机构项目的建设，带动了交通物流业的发展，为众多的村民提供了就业的机会，村民们生产的农产品摆进了高档的商场。更直接的是村民们领到了可观的分红，村集体的经济爆发性地壮大，2018 年收入为 100 万元，2019 年上升到 180 多万元，是 2015 年的 225 倍。2019 年唐基村被评为湛江市文明村。钱袋子鼓了，整治村环境，修路绿化，文化建设，教育发展等关乎民生的事情就顺理成章地开展了，我们所看到的一切就是这样来的，我心中的谜团也就有解了。

林艳还介绍说，村领导班子这个“领头雁”目标远不止于此，他们要带领村民走上更富裕的道路，把村子建设得更美好。他们把发展乡村旅游作为下一个建设目标，准备从三方面着力打造旅游名片：

一是在村东部规划 200 亩土地，打造一园两基地。一园即乡村振兴公园，公园分党建引领区、廉政建设区、历史文化区。其中，历史文化区融进唐基千年人文历史乃至吴川历史，展现南国农村古代和新时代的风貌，打造游玩一体的旅游强点。两基地即粤菜培训基地和唐基村电商培训基地。

二是将“唐基八景”和四个文物保护点，组合成“唐基览古”线性景点。

三是营造特色农业游玩链。建设两个农业教育基地、四个农业体验区、八个季节采摘园以及多个娱乐点。

唐基村一游，给我留下了极其美好的印象，特别是对村领导班子十分佩服，他们是一批干实事的人，他们是带领群众奔康致富的“领头雁”。我相信，在他们的带领下，唐基村将飞得更远，飞向更加美好的明天。

家乡
小记

南三岛三美

南三岛是全国十大美丽海岛之一。美，是南三岛的标签。南三岛之美，是全方位的。但在我的眼中，南三岛的海、村、人是美丽中之最美。

南三岛是大海的儿子，大海是南三岛的灵魂。南三岛的海，瑰丽、神奇、壮阔。你在不同的地点，不同的时间，不同的方向看海，大海会呈现不同的景观，给你不同的感受。

当你站在南三岛的东海岸，你的心胸一定会瞬间变得开阔起来。极目远眺，只见大海一碧万顷，洪波滔滔，横无际涯，似乎觉得海与天连在一起，海之涯就是天，天之际就是海，无比壮阔。

如果你转头往南看，给你的又是另一番震撼。南三岛的海岸线长 20 多公里，非硇洲岛、涠洲岛这些小岛可比。岸边的沙滩一片平坦，完全没有硇洲岛和涠洲岛岸边的坑坑洼洼或悬崖壁立。海浪无遮无挡地一浪接着一浪滚涌而来，卷起一波又一波浪花，如雪般白，如花般美，如千万匹白色的骏马在蓝色的草原边奔驰，无休止地出现在你的视野内。此刻，你的心潮必定会像这浪潮一样滚涌。这奇观，人工造不出来，画家画不出来，其他地方也复制不出来。

天晴日朗，你眼前的大海，就显得愉悦祥和，蔚蓝温润，人们都想投进它的怀抱。如果你有足够的耐心和足够的运气，又遇上足够美好的日子，在东海岸就能真正看到巴金大师在《海上日出》里描写的日出奇观。那是一个多么令人激动的景象啊！倘若风狂云低，大海就如暴怒的莽汉，灰头黑脸，咆哮如雷，恶浪滔天，气吞斗牛。南三的海，就是如此多姿多彩瑰丽神奇。此时此刻，你就会从心底喊出：美哉，南三的海！

南三十万岛民，历来以种田耕海为生，泥砖茅草房是岛上所常见。改革开放，大大提高了岛民的生活水平。特别是近年来，政府推行乡村振兴计划，更有力地推动了南三岛的新农村建设。最近，根据上级部署，南三岛又开展省级新农村连片示范工程建设，整合资源，集中力量，打造“东湖金湾”“南米荷乡”和“海丰渔村”。南三岛的乡村面貌发生了巨大的变化，出现了像禾地坡村、路西村、油吉塘村、大辣村、黄上村等美丽村庄。特别是黄上村更是令人神往。当你走进黄上村，就像走进了一个高品位的公寓小区。村舍井然，巷道笔直，非常整洁，村道看不到一只走动的家禽。四行房屋，每两行之间有一条用混凝土铺就的宽八米的村道，村道两边还设有花坛，花坛内鲜花争放。村内有若干条横巷，每条宽五米，用红砖铺就。村子周围还有一条用红砖铺成的宽 1.5 米的环村休闲小道，小道配有路灯。村子大种其树，真可谓“见缝插绿”，所有的空地都种上了树，其中不少还是名贵的树种，如罗汉松、竹柏等。每棵树都附着一支装有喷头的白色水管，粗略算一下，共有两千多支。村前有一幢漂亮的文化楼，楼内挂满了名人的字画，宽大的书柜摆满了各类书籍，其他文化设施应有尽有。文化楼前隔着村道的是一个面积有十多亩的荷塘，荷叶田田，荷花亭亭，给村子增添了不少亮色。凡来过这里的人都说，这哪里是农村？这比城里那些高级住宅区还要漂亮。黄上村是南三新农村建设的代表，从黄上村，我们看到了南三农村之美，难怪湛江诗社的诗人们上个月慕名而到南三的新农村采风，写下了一首首美好的诗篇。

南三岛之所以变得越来越美，那是因为有了热爱美、创造美的南三人。南三人在装扮美好家乡的同时，展现了自己的大美。

世世代代惯于跟大风大浪打交道的南三人，养成了勇立潮头，引领潮流的精神。中华人民共和国成立以来，南三人民紧跟党走，坚持走在时代的前列，创造了一个个奇迹。20 世纪 50 年代，南三人民在党的领导下，凭着一副副钢肩，一双双铁手，众志成城，筑起了 62 条共长 49.36 公里的堤围，将十个小岛连成了一个大岛。他们又凭着一股改天换地的劲头，在寸草不生的沙滩上植树造林，共造林 6.17 万亩，使南三岛出现了一条长 20 公里，宽 3—5 公里的木麻黄防风林带，从而扬名世界。南三人以改天换地的业绩，描绘了自己大美的形象。

改革开放的浪潮，奔涌在南三岛周围的大海，滚涌在南三人的心中。他们要走出去，也要引进来，他们要让南三与世界接轨。于是，打破南三的交通“瓶颈”，就摆在了南三人的面前。九位事业有成的南三企业家，义无反顾地站出来，捐资 6000 万元，亲力亲为，建设南三大桥。他们的壮举，顺应了民心，得到了各级政府的大力支持。2011 年 9 月 28 日，南三大桥建成通车，这九位企业家将大桥无偿地赠送给政府，赠送给人民。从此，南三岛结束了被大海孤立的历史。九位企业家以自己的无私奉献和浓浓大爱，竖起了南三人大美的形象。

最近，我参加了一个会议，那是湛江市振兴南三经济促进会主持召开的倡议成立南三教育奖励基金会的会议。这个会议开得热烈，开得富有成效，可谓一呼百应，会议还未结束，主动签名作为发起人的就有一大批，其中不乏声名显赫的企业家，那捐资建桥的九位企业家当然名字在列。我目睹此情此景，挥笔签名的人是那样可爱。他们又开始建设一座大桥，一座通往南三教育美好明天的大桥。他们签下的是自己的名字，写下的却是南三教育的美好篇章。我已经看到南三教育重新振兴的希望，闻到了南三桃李园的芬芳。南三岛啊，海美村美人更美！

南三岛，一个美丽的海岛，天蓝海碧，人文美好。太阳高照在南三岛上。

家乡之路

我的家乡南三岛，是全国十大美丽海岛之一。这里碧海银沙，波接天际，鸥鸟翻飞，风光旖旎。

可谁知道，这里原来曾是由10个互不相连的小海岛组成的群岛，一个被人称之为“贱过泥”的地方。海水荡漾于其间，台风或大海潮来袭时，就会淹没田野，冲垮房屋，害得民不聊生。岛与岛之间没有道路相通，岛民来往，只能凭舟过渡，以桨为脚。

我的村子坐落在西部一个叫巴东的小岛上，母亲则出生在东面一个叫田头的海岛，两岛之间相隔着另两个海岛和三道海湾，水漫漫而无路。当年母亲是如何坐着花轿来到我家的，母亲没有跟我说过，我想，那必是个爬坡涉水无比艰难的过程。出生在民国时期的姐姐说，小时候到外婆家，走完了岛上的陆路还要过海湾，涨潮时过不了，要等到退潮了，趟着海水才能到彼岸，一路走得很不容易。

1950年出生的我，没有跨过两个海岛和涉过三道海湾才到外婆家的印象，可能是因为那时候我是在母亲的背上过去的吧。但坐两次船到城里探望父亲的情景，倒是至今还记得。父亲在家乡西面10多里外的城里工作，有时候母亲就带着我去看望父亲。早上，从村子所在的岛上往西走了6里路后，就要坐小船过到另一海岛，又走6里路，再坐大帆船过一个几公里宽的大海湾，才到城里，期间耗费了好几个小时的时间。有一次，我和母亲在第一道海湾涉水上船时，我掉进了一个泥坑里，像个落汤鸡，至今还记得。海湾阻隔，咫尺天涯，没有路，岛民们生活太难太苦了。

明朝随波而逝了，清朝被大海淹没了，民国成了流渣也漂去了，我的家乡还是没有一条贯通的路。岛民们一遍遍地问道：我们的路究竟在何方？

1949年，共产党来了，他们就是专门给老百姓找出路的。这不，中华人民共和国后，就组织带领家乡人民开始了轰轰烈烈而又声势浩大的联岛工程，要将十个小岛联成一个大岛，给人民开辟出一条康庄大道来。

每天，公鸡刚叫了几遍，星星还闪烁在天际，岛民们就从四面八方涌向了工地。小小年纪的我，虽参加不了联岛的劳动，也跟着母亲到了工地，见证了这一壮观的劳动场面。只见堤上堤下，人山人海，人们用最原始的工具和劳动方式，手挖肩挑，在沧海之间共筑起了62条、长49.36公里的堤围。单是连接我村子所在的巴东岛和对岸五里岛的堤围，投入的土方就达到25万立方米。一条条拦海大坝，让一座座海岛连在一起，一条条大路从此岛通到了彼岛。路在相通，路在延伸，路在拓宽，18公里长的公路终于贯通了全岛。再后来，泥土路变成了沥青路、水泥路。人们在岛上自由来往，汽车在岛上欢乐奔驰，岛上面貌日新月异，岛民生活水平日益提高。一条幸福的道路展现在人们面前。

祖国改革开放的大潮连天涌起，富裕的大道通向四面八方。我家乡幸福之路却被一个大海湾所阻隔，货出不去，人难进来，家乡成了个春风难度的地方。人们啊，盼望着富裕的道路伸得更长，通得更远。

2005年底，寒风在凛冽地吹，海潮在哗啦啦地涌，家乡9位企业家，在党和政府的大力支持下，捐资6000万元，卷起袖子干起来，扛起了打通交通

“瓶颈”接通家乡富裕之路的重任，开始建设南三大桥。

酷暑接着寒潮，台风伴着暴雨。春过春来秋过秋，历经1000多个日日夜夜，克服重重困难，大桥终于在2008年9月一个艳阳高照的日子，正式建成通车了。天堑变成了坦途，家乡幸福富裕之路，终于打通了最后一个“瓶颈”，和陆地连接起来，通向了珠三角、长三角，通向了青藏高原，通向了港珠澳，通向了无限遥远的地方。

那是孩儿扑向母亲怀抱的喜悦，那是祖国披荆斩棘开拓富裕大道的一个小小的缩影。家乡之路从无到有，从小到大，伴随着祖国站起来、富起来、强起来一路延伸。家乡人和全国百姓一起，飞奔在共圆中国梦的大道上。家乡之路啊，我为您歌唱；祖国选择的道路啊，我为您骄傲！

家乡的道路越走越宽广，这不，云湛高速将通过即将开建的另一条南三大桥进入我的家乡；家乡的大道，将通过海底隧道连接起钢铁之城东海岛。家乡再不是“贱过泥”的孤岛，家乡的人民和伟大祖国的所有儿女一起，共同走在幸福富裕的康庄大道上，奔向更加美好的明天。

美哉，黄上村

星期六上午，我和几位朋友慕名前往南三岛黄上村一游。

黄上村位于南三岛东北角，背后就是大海，风力发电厂巨大的风车就在不远处转动。村子不大，人口只有170多人。但在波澜壮阔的社会主义新农村建设中却异军突起，声名大振，成为南三岛最美的村庄，新农村建设的代表。今天亲眼看见了黄上村的村容村貌，我不禁大赞一句：美哉，黄上村！

听了我的赞美，陪同我们游览的黄上村60多岁的寿哥，异常感慨地说："是呀，我们村子变化实在是太大了！小时候，我们住的是叉地寮（用竹木条扎成几个三角形固定在地上，周围盖上茅草的房子）、水篱屋（用竹木条扎成屋架，顶上盖茅草，周围用稻草和上泥浆糊成墙壁），最好的人家才能住上泥砖茅草屋。粪缸乱七八糟地摆满村子的四周。现在，人们生活好了，早已告别了茅草房。政府又指导我们搞新农村建设，村子变得真有点城市的味道了。"

是的，村子没有“鹤立鸡群”的高楼大厦，但村舍井然，横直有行，道巷分明，设计得真好。同时，村内的保洁工作绝不亚于城市的公寓小区。

村内直排着四行楼房，每两行之间有一条宽八米的直村道，在村背也横着一段同样宽的道路，把这两条直村道连接起来，使这两条宽八米的村道成了一个“n”字形的主村道。这村道用水泥混凝土铺就，厚度达20多厘米，可以承受载重汽车跑动，哪一家建房子，运输建筑材料都畅通无碍。横的村巷每条宽五米，用红砖铺就，主村道和横巷，一红一白，格外分明。在村子的四周，还用红砖铺了一条休闲小道，宽一米半，茶余饭后，在这绿树成荫的休闲小道上散步，吹着海风，该是多么惬意的事情！

村子非常整洁。漫步在村子里，见不到家禽家畜的影子，横直村道非常干净，就像用水洗过一般。家家户户门前没有摆放一丁点儿东西，比城里那些高档住宅区的住户还注重门前的保洁。村子里很安静，给人一种世外桃源的感觉。

黄上村人是那样懂得生活，是那样懂得保护环境、美化环境，从而让自己的生活变得美满和幸福。两条笔直的宽阔村道，两边建着一个个花坛，花坛里各种花儿在尽情开放，我们走在鲜花丛中，呼吸着新鲜的空气，心情感到无比愉悦。村中的空地都种上了各种各样的树，不少还是名贵的树种，像罗汉松、竹柏等。村子周围也都是大大小小的树，郁郁葱葱。村口有几棵粗壮的莺歌树，枝叶茂密墨绿，树龄都在百年以上。寿哥说，这样的树周边还有不少呢。漫步在休闲小道，你就会发现，树木上都附着一支白色的水管，顶上安装着一个喷头。装有水管的树木一直延伸到村口村子名牌处。我问寿哥一共有多少棵树装了喷头水管？寿哥说有两千多棵。他说，一开水管，满村都在洒水，既浇了树木，又湿润了空气，降低了温度。我直呼眼界大开，比城里的园林管理得还好。村子四周的树林成了小鸟的天堂，无数的小鸟在这里自由自在地生活，每天早上五点多钟，它们就在尽情歌唱。

黄上村属南三光明村委会管理，他们可真会追求“光明”。他们从一公里外的黄村开始，自筹经费拉起了路灯，每三十米就有一盏。村子周围的休闲小道则安装了那种造型小巧的风雨灯。最令人惊叹的是主村道路口的四支路灯，听寿哥说，每支要几千块钱，一支路灯就像一朵怒放的花，顶上两层大大小小十个灯泡就像十片花瓣。不难想象，当夜幕降临，华灯怒放的时候，小小村庄是怎样的一番景象！身处于这火树银花的美丽环境，你怎能分得出城市和乡村的区别。

黄上村的村容村貌美，村风更美。听寿哥说，村子尊老爱幼，讲文明、讲礼貌蔚然成风，村民很听长者的话，大家和睦相处。我们经过一条横巷，两个妇女向我们热情地打着招呼，满脸都是真诚的笑容。寿哥说，村子虽地处偏僻，但很重视孩子的培养，很重视教育。这我是知道的，老生产队长李华金，三个儿子三个媳妇，六人中博士、硕士各占一半，小儿子正在南京读博士后。这在南三被传为佳话。我问寿哥，村中总共有多少大学生，其中硕士以上学位的有几位？寿哥说，大专以上的有 39 人，硕士以上可能有十个八个吧。他说得很平静，我却惊奇得张大了嘴巴。一百多人的村子，近四十个大学生，这是多高的比例哟。这座村子真是一座名副其实的文明村呀。寿哥不无自豪地说，我们村子有“三高”：党员比例高，大学生比例高，当兵比例高。我想，黄上村村风好，这些也就不难理解了。

村前，一幢楼房正在装修，楼顶的琉璃瓦已经贴好，可以想象，这将是一座金碧辉煌的建筑物。我问，这是哪位老板的洋楼？寿哥说，这是村子的文化楼，建好之后，前面还要建文化广场和荷花池。下一步，我们将要进行文化建设，文化楼的那些设施设备不要说，该配置的一定配齐，甚至那些路灯都要进行箱式的装饰，上面布满经典国学的内容，让村子洋溢着浓浓的文化氛围。

看着黄上村的美景，听着寿哥的介绍，我真的眼界大开。我看到了开放改革的成果，看到了社会主义新农村建设是什么样子。我祝愿黄上村变得更美好。

注：现在，黄上村文化楼已落成，里面挂满了出自京城名家的字画。前面近 20 亩的荷花池也已建好。

海岛上的『博士之家』

南三岛是全国十大美丽海岛之一，除了碧海蓝天风光秀丽之外，岛上崇文重教也蔚然成风，曾有人称之为“博士岛”。“博士岛”是否过誉，见仁见智。但岛上有一户人家被称为“博士之家”，则名副其实。

南三岛东北临海处有座小村庄叫黄上村，村里有户人家，户主叫李华金，现在是该村村长。他有三个儿子，娶了三个媳妇，六个年轻人中，三个是博士，三个是硕士，这三个博士都是公费培养出来的，令人羡慕不已。

这个“博士之家”，家长李华金，小时候很想读书，八岁的时候，就进了离家三公里远的一间乡村小学就读。他读书可勤奋了，成绩很好，还是班长，老师很疼爱他。但那时家里人多，很穷，甚至吃饱穿暖的问题都没解决，父母身体又不好，哪有钱供他多读书呢？小学没毕业，他就含泪辍学回家了。老师三番五次家访，也无法延长他的读书生涯。他小小年纪就踏上了艰难的谋生之路。他知道读书的重要，也体验过文化低的艰难，所以，他决心把未达成的读书成才之梦，转移到下一代的身上。

改革开放了，李华金走出海岛，加入了打工的队伍，带着妻儿去了成都。他下定决心，无论多困难，都要让孩子接受最好的教育，让他们成为国家的有用之才。他也常常以自己的遭遇教育小孩，要他们珍惜时光，努力读书，成为一个有知识有文化的人，将来好报效祖国。

一家人漂泊在外，没有城镇户口，没有住房，也没有丰厚的钱财，要给孩子最好的教育谈何容易！但李华金始终不改初心，节衣缩食，想方设法让孩子接受最好的教育。他的恒心和韧劲感动了上苍，三个小孩也不辜负父母亲的期望，非常争气，在省重点学校成都市第十二中学完成了初高中的学习，个个成绩名列前茅。高中毕业后，他们先后回到了户口所在地湛江参加高考，个个都考上了理想的大学，打开了通向知识殿堂之门，证明了读书改变命运的道理，成就了“博士之家”的光荣。

长子李治强，考上了浙江工商大学，后到中国政法大学完成了硕士研究生学业，被分到民航快递西南公司，第二年就当上了该公司的团委书记。现年 37 岁的李治强，已是成都德国物流公司的主管。大媳妇则毕业于成都体育大学，是人文教育专业的硕士研究生。

次子李治全，考上了北京化工大学。2006 年和 2009 年在北京化工大学分别获得了应用化学系理学学士学位和有机化学系理学硕士学位。2009 年获得“国家建设高水平大学公派研究生项目”奖学金前往奥地利维也纳科技大学学习，并于 2013 年 11 月获得高分子材料系工学博士学位。2013 年 12 月，李治全被引进到江南大学化学与材料工程学院工作。现年 34 岁的他三年前已是江南大学副教授，硕士生导师，2014 年度无锡市社会事业领军人才。目前主持多项国家及省部级基金项目，发表学术论文 20 余篇，申请专利 10 余项。

二媳妇的求学经历和丈夫的一样，同样毕业于北京化工大学，研究生毕业后，前往奥地利维也纳科技大学攻读博士，并于 2013 年获得博士学位。

幼子李治权，在南京航空航天大学先后完成了本科、研究生和博士学业后，现年 30 岁的他正在南京航空航天大学从事博士后研究，主攻无人机研究。他又是一颗科技新星，前途无量。而他的准夫人则在南京航空航天大学毕业后，到香港浸会大学读研究生。

海岛一条偏僻的小乡村，一户人家个个孩子都成为高档次的人才，实属难得，自然成为海岛的美谈。“博士之家”在享受荣光的同时，也成为海岛人家学习的榜样。

故乡行

30多年前，我外出工作，离开村子。母亲去世后，我就很少回故乡了。但每回一次，都发现故乡在迅速地变化，乡亲们的脸上也自然露出了幸福的笑容。

我的家乡在湛江市南三岛上，村子叫木历上村。南三岛未联岛前，村子就处在海湾旁。海潮、台风、干旱，年年光顾着村子，村民们的生活只能用一个“穷”字来形容，一年大多时间都是以干粮充饥。居住的条件更差，中华人民共和国成立前，连村中最有钱的人家，住的也是泥砖茅草房。记得小时候，每当台风消息传来，全村大大小小就要到田野上铲来厚厚的草坯，挑回来铺在泥草房顶，再横上竹竿，用粗绳绑着，绳子直通到墙脚，再在下边绑上石块或其他重物坠着，以压住房子上面不被台风掀掉茅草。另外，因为靠近海，村子地下水也是咸的。先人们到离村子几十米的地方好不容易才找到没那么咸的水源打了一口井，几百年来村民们就是靠这口井活下来的。干旱季节，用水就是一个大问题，人们挑着水桶在井台旁边等着打水，白天轮不上，就夜晚去挑，家家户户每天都要为挑水花上不少时间。读初中以后，只要在家里，我就为分担母亲的负担而去挑水，为了解决全家的用水问题，半夜里守候在井台边是经常的事情。那时，有那么几句流行语，道出了当年村民们用水的艰难：“西边担水隔条垌，东边担水隔条村，有女不嫁木历村。”我离开村子外出工作几年后，村子依然是那么贫穷，听说，还给上级定为“贫困村”，要政府扶贫呢。

时间一年年地过去了，改革的春风吹遍了神州大地，特别是党的十九大提出两个一百年的目标，实行扶贫政策，带领人民群众消灭贫穷，实现共同富裕，共奔小康生活，我的故乡也发生了深刻的变化。每次回去，都发现村子在变化，进村的那条大路两边，不断地耸起一幢幢几层高的漂亮的楼房，不少人的院子里还停着小汽车。去年回去，我差点儿找不到进村的路口，因为转进村子的路口两旁，已建起了高楼。村民们家家户户都住上了楼房，砖瓦房还有，但只存在于老村场，早已没人住了。我家后面有一户人家原来很贫穷，一家子好几口人挤在一间破旧的砖瓦房里，去年也住上了宽敞漂亮的楼房。听村人说，他家是扶贫的对象，楼房是政府给钱建的。为了解决他家的生活问题，村里还安排他家负责村子的清洁卫生工作，有了固定的收入，这家人的生活应该没问题了。

为了解决群众吃水难的问题，村干部组织村民在村西几百米的地方打了一口深水井，建起了水塔，所有的村民都用上了干净的自来水，当年白天黑夜排队挑水的“盛况”不见了，那口用了几百年的老井虽然还在，但已被村民们用不锈钢管封了井口。我理解村民们不肯填埋这口古井的心情，那是一个贫穷年代的见证，同时，它也见证了村民们由吃井水到用上自来水的巨大变化。

年初，我又回了一趟老家，看到村子里正在搞人居环境整治。在村子的东面，已建好了一个约有3000平方米的大广场，村内大小巷道正在铺设排污管道，然后进行硬底化建设。我还听说村里的大妈大嫂，每晚都到篮球场那里跳广场舞呢。所见所闻，让我抑制不住兴奋的心情，连声说：“村民们终于告别了贫穷。”我想，下一次再回老家，看到的必定是另一番更让人欣喜的景象。

地还是那块地，但村子已不是原来的村子。我问村中的兄弟，你们住得比我好多了，生活水平挺高的，大家的钱是从哪来的？

兄弟们说，钱是“变”出来的。过去大家守着那一亩三分地，日出而作，日落而息，怎能富裕？是政府引导我们“变”，将过去我们摸鱼摸虾的海滩涂，变成了鱼塘虾塘。一位兄弟对我说：“你知道，我们村子有600多亩虾塘，一亩虾塘最少也有5000块钱的产值，钱就是这样‘变’出来的。归根结底，是党的政策好呀！带领我们打胜了脱贫攻坚战。”他在说出谜底的过程中，满脸的骄傲，满脸的幸福。

其实，对于我们村子来说，还有一个谜底他们没注意到。因为穷，村民都重视子女读书，都想让他们通过读书“跳出农门”。从前几年搞村史调查得知，自恢复高考制度以来，全村先后有很多青年考上大中专学校，其中有150多人考上大学（全日制本科生有近80人）。这些农家子弟现在成了教授，成了高级工程师、教师，成了县处级干部，成了企业家，成了各行各业的骨干力量。读书改变了这些农家子弟的命运，也直接帮助各自的家庭改善了生活，我就是恢复高考第一年村子里第一个凭考试“跳出农门”的人。“扶贫先扶智”，这也是我的故乡奔小康过程中一个成功的经验吧。

闲聊中，听兄弟们说，村里正考虑制定新农村建设方案，重新规划，调整布局，把村子建设得更加美好，让村民们过上更加幸福的生活。看着高楼、别墅代替了茅草房、砖瓦房的故乡，我相信，村里的勤劳致富梦一定会实现，村民们的生活会越来越幸福。

家乡的小圩

我的家乡南三岛有个小圩，即集市，叫巴东圩，很久以前就很有名，直到现在，还流传着一句跟它有关的俗语：巴东圩都散了（赶集的人都走光了）。

小圩的出名，并不是因为它规模大，或者货物多、交易热闹。恰恰相反，是因为其规模小，货物少，小、少得不像个圩，甚至被人称之为“天光（亮）圩”“抢吃圩”。

改革开放前，我在小圩旁边的小学读书，后来在那做民办教师，几乎天天经过巴东圩。巴东圩作为一个集市的象征，就是中间有一个农民称之为鱼亭的盖了顶的小市场。非圩日，小鱼亭没有人摆卖，空荡荡的，成了附近村民打扑克或闲聊的地方。除了小鱼亭，小圩里，还设有粮站、供销社、百货店、咸鱼店、药材铺、邮电所、理发店、小饭店和一铺独一无二的凉茶铺，这些所谓的店呀铺呀，规模都很小，每间只有一两个售货员或工作人员。巴东圩三日才有一个圩日，农历的三、六、九日是它的圩日。我记得，每个圩日食品站才杀一头猪供应市场，买猪肉是凭票的。猪肉还未摆上台，买猪肉的早早就在那排起长队来。小圩也就有了一点儿生气。猪肉摆上桌了，很快就你一块我一块的卖光了。那时候货物不流通，家乡又穷，没有什么农副产品交易，三、六、九之外的日子，小圩里冷冷清清的，人们需要买点什么，或者需要像理个发什么的，才在中午工休时间来走一走，来往的人少得可怜。圩日里，交易最多的是番薯，谷米都比较少，有些蔬菜，几乎没有鸡鸭鹅等三禽交易，只是大年前，才有一些家禽摆卖。因为圩日交易的东西主要是番薯，所以卖番薯的和买番薯的天还没亮，就往小圩赶。记得读高中的一个星期天早上，母亲早早就叫我起床，要我到小圩买几十斤番薯回来，要不晚上就没有粮食带回学校（因为我是住宿生）。我说，天还未亮，赶什么圩？母亲说，巴东圩是个抢吃圩，天未光（亮）就散了，天亮才去，就没番薯卖了。我只好听母亲的，急忙起床往小圩赶。到了圩里，果然看到早已有不少人在番薯行那里买卖番薯。买卖双方经一番讨价还价后，就把番薯挑到公秤处过磅。公秤处点着煤油灯，管磅的人就着微弱的灯光履行着自己的职责。番薯过磅后，买卖双方一手交钱一手交货，然后就急匆匆地往家赶，因为他们还要开生产队的早工呢。这样，天一亮，赶圩的人就散了，小圩一下子平静下来，所以，人们就叫巴东圩做“天光（亮）圩”。刻薄一点的，则称巴东圩叫“抢吃圩”，说那些趁圩（北方形容“赶集”的意思）的人就像饿鬼抢着吃饭一样，一下子就没了。也因为巴东圩天亮就散了，所以人们形容那些人办事来迟，就说“巴东圩都散了”。久而久之，这句话就成了一句俗语。直到现在，巴东圩虽然已经起了翻天覆地的变化，再不是“天光圩”和“抢吃圩”，整天都没散，但这句话还在流传着，它的比喻义还在发挥它的比喻功能。

改革开放后，物资流通了，小圩很快热闹起来，小鱼亭成了真的鱼亭，本地抓的鲜鱼上市了，外面大量的冰鱼进来了，旧咸鱼店似乎开始变得冷清起来。不久，我就离开了家乡，往城里读书和工作了。巴东圩我也就基本上没光顾过了。但前不久回老家，坐车从巴东圩旁边路过，明显感觉到巴东圩变了，店铺都建到公路两旁来了。

一眨眼，几十年过去了，我也成了一位退休人员。老家的房子需要重建了，我也就因为建房子的事情重新往巴东圩跑。一进圩，只见人来人往，摩肩接踵，水泄不通，热闹得很。见到这种情况，我就问随我来买东西的堂弟，今天是圩日？怎么这么热闹？堂弟一愣，然后笑着说，现在天天都是圩日。我也跟着笑了起来，满脸是感叹的神情。看看现在，想想过去，过去那所谓的圩日，根本就不算是圩日，天亮就没了，有“夜”没“日”。现在这个才是真正的圩日，整日都这么热闹。再看看市场，货物琳琅满目，什么都有得卖。从普通的蔬菜鱼肉、粮食，到衣服、家具、各种电器，应有尽有，跟城里的市场没两样。我去到肉食行，十几张长方形的卖猪肉的大桌子成“凹”字形排开，桌子上摆满着猪肉，桌子上方还挂着一刀刀的猪肉。我没问卖猪肉的一天总共卖了多少头猪，但看这阵势，跟过去三日才卖一头猪的惨淡情况相比，已是天壤之别了。圩里周边的低矮房子已不见了踪影，代之的是一幢幢漂亮的十层八层的楼房。当年那些咸鱼店、小饭店、凉茶铺、理发店、小商店等，通通不见了，代之的是建到圩场外面去的酒店、商场超市、邮电局、供电所、银行，最近还在不远处建起了一个现代化的综合性的“生活小镇”，甚至连政府的办事机构，也从圩场内迁出，到外面建起一幢小楼房办公了。在圩场里流连的我，熟人倒是碰到不少，他们个个脸上洋溢着满足与幸福。但圩场的面貌给我的却是全新的印象，那个“天光散”的巴东圩已经不知跑到哪里去了。

我和堂弟步出了圩场。我说，巴东圩变化可真大啊！“改革开放都几十年了，祖国哪个地方不是发生了翻天覆地的变化？巴东圩如果不变成这样，那才是怪事哩。”堂弟说。是呀！巴东圩的变化，可说是我们祖国日新月异的一个小缩影。我的心满是感慨。

家乡的老井

我们村子西面二三十米远的地里，有一口用青石条叠成的方形老井，原是我们村唯一一口饮水井。

这口井建于何年何代？我没听说过，比我长几辈的老人也不知道。饮水是人类生存的第一需求。我们村子已有好几百年的历史，我从来没听说过在这口井之前，还有其他饮水的井。我想，这口老井是我的先人定居这里后挖的，至今也有几百年历史了。

我外出谋生数十年了，每次回家都要经过这口水井。每次经过这里，心中都充满着亲切感。去年的一次回家又路过水井，却发现这口水井的井口被两块水泥板盖住了，我知道，这口功德无量的老井终于完成了它的历史使命，心中不免生出了许多感慨。

始祖们要定居此地，首先要解决饮水的问题。我们村子就在海湾边，家乡未联岛前，海水就荡漾在村东的祠堂和神庙前的榕树下。因此，要打一眼适合饮用的水井并不容易。我的祖先不知怎样查探，才找到这个井位，挖了这口井，村民一喝就是数百年。它滋养了一代又一代的村民，我也是喝着这口井的水长大的，它是我们村民的生命之源。这口井不深，但水源充足，井水清冽甘甜，口渴了，用手掬上一抔送入口中，真是透心的舒服。

自古以来，挑水就是村民们每天必做的家务。我家就在主村道旁，每天见得最多的就是来来回回挑水的村民。挑水的以青壮年居多，那些小媳妇们当然就回避不了挑水这件活儿了。我母亲是个勤劳的人，每天天没亮就起来挑水，我家的水缸常常是满满的。我读小学的时候，就学着去挑水，以帮帮母亲的忙。刚开始，挑的是两个小桶，晃呀晃的，水洒在路上的不少，到家里倒在水缸的却不多了。虽然如此，能帮上母亲干点事还是蛮高兴的。母亲疼着我，尽量不让我去挑水。到我长大了，只要在家里，挑水就是我的任务。可以说，我学会生活，就是从挑水开始的。

村民来来往往地挑着水，也在来来往往中互相打招呼、交流。大家汇聚在水井边，有说有笑，问候交谈，气氛是那么融洽，关系是那么亲密。挑水是辛苦的，也是愉悦的。在打水的时候，四个角最多只能容得下四个人打水，这时，人们就会你让着我，我让着你，甚至打上了水，倒在别人的桶里，让别人先挑走。窄窄的井台，洋溢着和谐的气氛，挑水的过程，酝酿着浓浓的亲情。一口浅浅的老井，无形中把全村人凝聚在一起。

生活天天在进行，人口年年在增加。40 多年前，我们村子就有 600 多口人，全村仅有这一口饮用的水井，虽然水源源源不断，从不枯竭，但也显得供不应求。平时井水还勉强够用，但碰上天旱或过年过节，井水就无法满足全村人的需求了。这时候，白天黑夜甚至通宵都有人去挑水，人们站在井台上等着打水。挑回来的水还是白色的，需倒在水缸里澄清了才能用。喝水用水，成了村民的一个大问题，挑水，成了家家户户工余时间的第一要务。当年曾有那么一句话：“西边挑水隔条垌（离村二三十米），东边挑水隔条村，有女不嫁木历村（本村叫木历村）。”可见，在村子发展后，用水是多么困难。这，也难为了仅有的这一口老井。

再后来，几十年过去了，村中的人口翻了倍，不少人家也搬到村外面去住了。人们的生活水平越来越高，几乎家家都住上了楼房，虽然不少家庭都打了手摇的泵水井，但用水又成了新问题。一是不方便，喝的水还是要到老井去挑，水又上不了楼；二是不管是老井还是手摇泵井，井水毕竟不够卫生，不合时代要求。为解决用水的问题，村干部就筹集资金，在政府的大力支持下，在村子西边更远的地方打了一口深井，建了水塔，给各家各户接通了自来水管，彻底解决了群众的生活用水问题。村道上再也见不到挑水的大军，古老的水井变得冷落寂静，失去了往日的热闹，它被盖上了水泥板也就成了顺理成章的事。

看着这口被盖上了水泥板的古井，我想得很多很多，过去发生的与老井有关的事情，就会像电影一样一幕幕地出现在我的脑际。这口井，经历了岁月的沧桑，见证了我们村子几百年的历史，也见证了我们村子发生的变化。它无声地告诉我们，天下的事情讲究的是一份情缘。大家有缘成为血脉相传的同族人，有缘几百年同饮一口井的水，这一份浓浓的亲情不能因井水的弃用而断绝，不能因自来水的上楼而淡薄。

饮水思源，我们应该好好地感谢老井！

故乡的老井，您也应该歇歇了，您的功绩我们永远记在心上。故乡的老井，您好好的永远待在那里，让子孙后代见到您，就更加拧紧这亲情的纽带，让古老的故乡更加团结和谐文明。

怀念村中的『大话馆』

过去在农村，人们将村民自然聚集闲聊的地方称为“大话馆”，我们村子就有好几处这样的地方。那是我们长见识、知世事的地方，现在想起来，还很怀念。

这大话馆，可以是房舍，也可以不是。但它必须是冬暖夏凉，容得下较多的人，也易于来往的公共场所。

我们村子位于一个岭脚下，由东到西，长长的，人们用“东头巷”“西头巷”来称呼村子的两头。

在东头巷，形成大话馆的地方有两处，一在村东边神庙和祠堂前面的两棵大榕树下。无论白天还是夜里，这里都是清风徐来，再加上这两棵古榕，就像两把大伞，挡住阳光，粗大的树根条条凸起，在地面上好像固定着一张张条凳，便于人们坐着乘凉闲聊。二在原土地公小庙处，即现在村东的水井处。这里是原第二生产队队部所在地，地方宽阔，空地中央原有个土地公小庙。

我家在村西，西头巷的大话馆主要有一处，那就是被称为“民兵屋”的公共场所和它前面大塘旁的凤凰树下。这里向南有三幢像凹字形摆设的房子，中间有个用红砖铺就的大天井。土改时期这里曾是民兵活动的地方，所以村民习惯称之为民兵屋。这民兵屋的前面有两棵高大的凤凰树，凤凰树下就是一口大水塘，乡民们称之为大塘。大塘外面，就是一望稻田。这里视野开阔，绿野盈目，清风入怀，水汽升腾，冬可以在温暖的民兵屋内座谈，夏可以在凤凰树下闲聊。这里自然成了大话馆。

改革开放前，人们整天都是在生产队干活，生活很困难，也很单调，没有什么娱乐活动，当然，也没有电视什么的，很久才能看上一场电影，小孩子也没有什么玩具，吃完饭，人们就不约而同地来到大话馆乘凉、闲聊。来来往往几十个人，男男女女都有，很热闹。大家天天都见面，见面就打个招呼，互相嘘寒问暖，交流交流，关系就拉近了，感情就增进了，一个生产队的人就像一个大家庭的人一样，互相关心，互相帮助，大家没有隔阂，没有陌生感。

在这里闲聊，没有中心议题。天南海北，国家大事，家长里短，圩场买卖，小道消息，人事评点，悲欢离合，亲戚往来，婚嫁生子，故事笑话，话题多多，无所不谈，想说什么就说什么，自由发言，各抒己见，相互间时不时的开个善意的玩笑。闲谈间，一条水烟筒，这个抽完了，塞上一撮儿烟丝又传下一个，周而复始，水烟筒总没有停下过。我们小孩子几乎是只有听的份，很少敢发言。有时，一些吃“皇粮”的人回来，也到这大话馆来。他们的到来，自然带来很多故事和新闻，大话馆也就热闹起来。我们也在听的过程中，不知不觉的，懂得了许多道理，知道了不少人情世故，学到许多在学校学不到的知识，受益匪浅。

记得有一次，我们到村东的神庙那里玩，刚好碰到本村一位在湛江化工厂工作的全国劳模回来，他也到大榕树这里乘凉，我们就和他闲聊，他就给我们讲故事。他说，有一个人很自私，从来不肯帮助别人。有一次，他到圩市买米回来，米袋烂了个小洞，米粒一路从这小孔中漏出，他一直不知道。

别人看见了，因讨厌他从不帮人，也不告诉他。到家的时候，米漏了一大半。说完了故事，他就教育我们做人不能自私，要互相帮助。这个故事在我幼小的心灵里留下了深刻的印象，所以至今还记得。

现在，人们生活好了，家家建了楼房，电视机成了家家都有的普通电器，大人小孩一回到家，马上打开电视，节目应有尽有，天热了，还可开着空调，真是“躲进小楼成一统”。躲进了这个“小楼”，邻里乡亲来往也就少了，甚至一个村子的人相见也不相识。

自然，大话馆也就不存在了。我们这些外出工作的人回到村子，小孩和青年人见到了，也“笑问客从何处来”。每当此刻，我的心中不禁涌起一丝无奈的悲凉，大话馆时代那种亲密无间的兄弟情谊哪里去了呢？于是，我自然就会怀念起那远去了的大话馆。

大话馆有着我青少年时期的快乐，现在，它时不时的勾起了我淡淡的乡愁。

家乡的房子

人一辈子离不开房子，不管这房子是茅草房、砖瓦房，还是小洋房。房子就是家，有房子就有家的温暖。故乡的房子更像一条根，它连着家乡，连着亲情，连着心之所向。

20年前，母亲离我而去。弥留之际，她告诉我，大瓦缸里有她积攒的钱，并一再叮嘱我一定要在家乡建一幢房子。母亲藏在大瓦缸里的钱，我数了数，一共是两万多元。我知道，这是母亲平日里省吃俭用，一分钱一分钱地节省下来的。

我在城里早已分到了房子，住得也算宽敞，但我还是遵循母亲的遗愿，在她逝世后，找亲朋好友借了一笔钱，在家乡建了一幢小楼房。此后，这小楼房便牵引着我，一有空我就回去看看。或许是因为这房子连着逝去的母亲，它成了我一种念想，一种牵挂，一种精神寄托。每走进建在家乡土地上的房子，我就觉得很踏实，很亲切，就好像附在一条根上，它告诉我，我是从这里出去的，哪怕是漂洋过海，哪怕是走到天涯海角，我的根永远在这里。

20世纪90年代有一首歌，歌名叫作《把根留住》。此歌一出，就红遍了海峡两岸，五音不全的我，也曾学着吼了好长一段时间。这首歌之所以能红起来，就在于表达了海峡两岸血脉相连的深情，表达了一种深深的家国情怀。“把根留住”，这是多么动情的语言啊！我们的根在哪里？我们的根就在家乡，它像一根无形的长线，把像风筝般漂泊不定的游子紧紧地拴住，哪怕在天涯海角，也能循着这条长线“叶落归根”。在家乡，我们根的落脚点又在哪里？它就在家乡的房子里。有了家乡的房子，就有了家的概念，即使回去的时间不多，我们还是会“常回家看看”。正因为有了这千千万万间家乡的房子，才有了成为世界奇观的“中国式”春运，不管归途有多遥远，我们总是要回到家乡的。也因为有了家乡的房子，才有了“洋装虽然穿在身，我心依然是中国心”的深深眷恋。

对于远离家乡的游子而言，家乡的房子和自己在城里买的房子是不一样的。家乡的房子，承载了更多岁月的温情，它是生我养我的地方。在这里，有鸡鸣，有狗吠，有燕子筑巢，有斑鸠咕咕。在这里，亲情浓浓。一进家门，儿时的伙伴便挤进来，笑声溢满整幢小楼。鸡蛋、花生、青菜就摆满桌子，就连那水烟筒也不断咕咕咕地响，就像那远去的童谣。前后左右的邻里，就是叔伯婶婆兄弟姊妹，大家相处随意，也亲热得很。而我在城里的房子，只是一处住所，防盗网、防盗门紧紧地围着，忙了一天可以进来歇歇，歇了一宿，明天又出去忙活。上下左右，大家似乎都只是房客，彼此间客气得很。

是的，我永远眷恋着家乡的房子，那里有我童年的欢乐和梦想，那里有我老之将至的思念和寄托。我会常回去看看，看看家乡的青山绿水，闻闻家乡的稻花飘香，尝尝家乡的红薯、白米。还想和亲人们在大年夜话话亲情、守守岁，年例时摆摆盅，烧烧香，端午节吃吃粽子话话农事……

家乡的房子，建在家乡的土地上，耸立在我的心里，让我时刻惦念着。

我家的小果园

我家祖居东面有一间泥砖茅草屋，我们习惯称之为新屋。新屋的东面还有一个园子，面积虽然不大，却是村中唯一一个果园。小时候，我经常在果园里玩耍，它是我童年的乐园。

园子用簕竹围成，和新屋东墙连在一起。墙角处留了一个门，每天我就从这门进进出出。

园子没有名字，大家都称呼它为“园儿”。这个果园建于何年？是谁建的？我不知道，长辈们也没谁告诉过我，打从我懂事起，果园就有了，而且果树已长得很高大，想来园子的历史也不短了。

果园里果树不多，有一棵番石榴树，还有一棵橙子树和一棵杨桃树。我记得石榴树的东面曾种过一棵类似沙田柚的果树，可惜后来它死了。除了三棵果树，果园东面的空地有时还会种些蔬菜什么的。果园四周还种着苦楝树、黄槿树、篾青树和水仲树等树木。

当时，整个村子只有两棵番石榴树：村西有一户人家门前有一棵，番石榴果的肉是红色的；我家有一棵，果肉是淡红透白的。因为村子只有两棵番石榴树，所以珍贵得很。我家这棵番石榴树，高高的，斜斜地长着，树皮很光滑，树上长着很多的枝丫。开花时节，满树都是花，青白色，并不打眼。结果了，果实累累，满树都是。杨桃树树干笔直，一米多高处树枝向不同方向伸延，密密的，像一把大伞。杨桃的花是红色的，小小碎碎的，开花时节，树上满是花，地上也落满花，很好看。渐渐的，树上的花儿变成了一个个小不点儿，慢慢地长大，一个个吊在枝丫上。橙子树高高大大，白色的花透着清香，在我的记忆里，它结的果不多。

小时候，我几乎天天都到园子里玩，看看果子又长大了多少，盼着它们快快长大，因为嘴馋得很。杨桃还未熟，经常会有一些掉在地上，我就会捡起来，用手擦擦就往嘴里塞，虽然味道很涩。那时候村里果树稀少，果子还未成熟，人们就急着摘来吃了。有的走进果园里摘，有的站在果园外面用钩子来钩。每年几乎果子还未完全成熟，就已被摘光了。在我的记忆中，我从来没吃过我家果树成熟的橙子和杨桃。我家果园那三棵果树，简直成了村人共有的，因为，我们家从来没收过一分卖果子的钱。除了村人摘，小鸟也成群结队、明目张胆来分享我家的果子。果园里每天都飞来很多小鸟，它们在果树上蹦蹦跳跳，叽叽喳喳的，把小果园当作它们的乐园。这些小鸟，成了我童年的伙伴。小鸟似乎特别喜欢吃番石榴，而且专挑那些成熟的石榴果来吃，它们比人还早吃上果子。小鸟啄开果皮，就吃里面的果肉和果核。你在下面看上去，石榴果子还吊在枝头，其实，里面已经是空的了。番石榴树上有时也给我留着几个成熟的果子，那是在树顶上，有些是别人没发现的，有些是别人够不着的。我爬上树后，这些“漏网”的石榴果子就成了我囊中之物，这些熟透了的果子味道好极了。那时候，缺衣少食，水果更是稀有之物，这个小小的果园，给我带来多少希望和乐趣呀！

父亲在城里工作，是一位善于接受科学知识的人。在我还未读书的时候，他曾经在果园里尝试过嫁接树种。他用小刀在橙子树的枝条上，绕着一圈割开树皮，然后用布添上泥巴将割痕包扎着，再在上面的枝条上挂一个可以滴水的瓶子，让水不停地滴在树枝的包扎处，期待树枝在包扎处长出新根，以截下做果种。虽然最后这个实验没有成功，却给我留下了深刻的印象，在我幼小的心灵深处埋下了科学的种子。

我长大后，外出读书甚至工作，回家的日子少了，小果园的果树什么时候开始不见了呢？我并不清楚。再后来，1996 年那场特大台风，刮掉了我家那间泥砖“新屋”，母亲就在果园处建起了一间小房子栖身。从此，小房子代替了小果园。

曾经给我带来不少乐趣的小果园，无声无息地消失在岁月的红尘里，但它永远留在我的记忆中。一想起它，就想起那些果树和小鸟，就想起我艰苦而又快乐的童年，就会勾起我心中那浓浓的乡情。

我家的小书柜

我小时候，家里很穷，一家人就住在老屋东头的一间房子里。房子里除了两张床，就只有半张桌子（一张长桌子被锯开的半张）和一个小书柜。这个小书柜不大，但那时盛着我第一煲心灵鸡汤。

我父亲小时候，跟着一个教书的亲戚断断续续读过几年书。读书不多的父亲很爱书，穷困中做了这么个小书柜，珍藏了他为数不多的书。我记得的有《同文堂四书正文》《详订古文评注》《东莱博议》《成语考读本》《处世教育》《水浒》《绣像三国志演义》《说岳全传》《万花楼》《五虎平南》和《五虎平西》等，不记得的还有一批。这些书都是竖排的，纸是黑黑的，字又小又密。我小时候，还未读书，没什么玩的，也常常翻翻柜子里的书，找找书中像《绣像三国志演义》里的“公仔”看看。从而对书有了兴趣。

上学了，认得字了，对有字的东西也就更感兴趣。大约在三年级的时候，课本已满足不了我的求知欲，我就更勤翻父亲小书柜里的书，开始拿来囫囵吞枣地看。那些文言文之类的诸子百家书，我看不懂，不知书中所云，所以没去读，只看那些我大概看得懂的小说。我记得看的第一本书是七十一回本的《水浒》。从书中我看到了一年级时老师给我们讲的“武松打虎”的故事，很高兴，知道老师是看了书才有故事讲的，书中有好多好多的故事，我看了书也可以给别人讲故事，于是我就更有兴趣看书了。每天早上，天还未亮，母亲就起床煮饭喂鸡鸭，我就坐在床沿上靠着那半张桌子，点着煤油灯看小说。冬天的时候，我就拉着被子盖在身上点着灯看。我母亲没读过书，不识字，不知子女读什么书好，她只认得一个道理，小孩勤读书就好。因此，她不管我读的是不是有益于应考的书，见到我在家里埋头读书，以为我是在勤奋学习，就从来不打扰我，不干涉我，有家务也不要我干，只是催我按时回校。那一本本小说，让我认识了许多英雄，知道了许多故事，懂得了许多道理，使我初步具有了辨别是非的能力。这些书我读得最多的是钱彩写的《说岳全传》，我反反复复地看了好几遍，直到参加工作了，还找来看。我被岳家军的英雄事迹深深感动了，他们的忠孝节义在我幼小的心灵中扎下了根，岳飞精忠报国，还我河山的精神可以说到现在还在影响着我，从书中看到岳飞的《满江红》至今还是我最钟爱的诗词之一。我很爱这本书，以至到了20世纪70年代末，我还主动把这本旧得发黄的书借给我读师范时的一位同学看，但直到现在，她还未把书还给我。

我家这一个小小书柜里的书，好像一碗碗心灵的鸡汤，滋养着我长大。它教会了我许多道理，对形成我的是非观念，培养我的家国情怀、崇拜英雄的情结、热爱祖国保卫祖国的感情，都起到十分重要的作用。

这第一煲心灵鸡汤还滋润着一个美丽的文学之梦。那时，乡村的小学，没有图书馆，没有阅览室，是家中小小的书柜为我提供了课外阅读的条件，虽然这些书有的被我反复地看过。在这有限的阅读中，我对文学的兴趣慢慢地被培养了起来。到了初中考上了市里的重点中学，我对文学的兴趣得到了极大的满足，学校有很好的图书阅览室，藏书很多，我读了这本又借那本，读得不亦乐乎。那是一个崇拜英雄的时代。记得金敬迈的《欧阳海之歌》一出版，就举国争读，我有幸全班第二个借到这本书，那种兴奋，难以言表。

有时，星期天不回家，还可以跑到逸仙路靠海边的新华书店看书。这样，在“文革”前，当时那些名著我大都浏览过。有了第一煲心灵鸡汤滋润，几十年来我对文学的爱好从未减弱，甚至退休之后，还时不时在报刊上发表些小文章，收集起来出版了几本小册子。

几十年来，我一直没有忘怀家中那个小书柜，可惜外出工作后，由于疏于保管修理，再加上旧居又进行大整修，小书柜被搬来搬去，坏了，没有了，那些书也因各种原因散失了。现在，我手头上仅保留着一本佛山镇十七间印的《同文堂四书正文》，民国二十五年上海广益书局出版的《东莱博议》，民国四年上海广益书局石印的一套八本装的《详订古文评注》和《成语考读本》《处世教育》各一本。

莎士比亚说过，“书籍是全世界的营养品。”几十年来，父亲留给我的书，是我健康成长的高级营养品，我也还在时不时的翻阅这些书。我常常在心底里由衷地说：谢谢您，我的第一煲心灵鸡汤！

给父亲的一封信

亲爱的父亲：

您好！

说来惭愧，作为您的儿子，我平生没给您写过信。在这父亲节即将来临之际，我想跟您说说话，然而心有千言万语，却无从下笔，因为我已泪流满面！

55年前农历十二月十四日傍晚，正读小学六年级的我，放学回家走到半路，就有人催促我快点回家。我急匆匆地赶到家，才知道您已驾鹤西去，小小年纪的我，犹如天崩地裂。家人没让我见您最后一面，但您那痛苦的病容永远刻在我的心里。深夜里，在岛外读书的姐姐在同学们的护送下渡海而归，哭声在黑暗的屋子里响起。第二天，冷风嗖嗖，阴雨绵绵。一棵孤零零的莺歌树下，我们孤儿寡母目睹了一堆黄土掩埋了装有您遗体的薄薄的棺椁，我的眼泪如眼前的雨丝长流不断，一滴滴的串联起对您的怀念。

父亲，我知道，作为家中的长子，很小您就出到城里打工。新中国成立后，您就成了国家职工，因工作忙，您很少回到农村的家。我出世后见到您的机会不多。平时您和乡亲们相聚，总是笑声朗朗，回到家却病恹恹的，话也不多。说实话，我有点怕您，虽然您从来没有骂过我，也没打过我。在我的记忆中，有两件事我很难忘，一件事您不该罚我却罚了我，一件事我以为您要骂我却不骂我，所以我一辈子都记得。大约是我读三年级的时候吧，母亲带我到城里去看您，您叫叔叔带我去文具店买自来水笔，那是一支灰色的“永生”牌钢笔，两块多钱。那时两块多钱相当于您一个月工资的十分之一啊。拿到笔，我多高兴呀！可是第二天中午，本家的叔公来看您，并向您告了我一状，说我在放学的路上跟人打架。您听了，没有骂我，只是不准我把笔带回家以作惩罚。我失望极了，也觉得很冤枉，虽然过了一段时间您还是让人把笔带回给我。其实，放学的路上，我是和同学在空着的坡地上玩摔跤，并不是打架，不知怎样，给叔公看到了。不过，您的惩罚，让我开始注意自己的言行举止，因为村中的叔叔伯伯“爱屋及乌”，尊敬您，也连带着关心我，关注我。可惜，您的“惩罚”我再也享受不到了。另一件事，是我读三、四年级的时候，我来到村旁的大水塘边，脱了衣服，扑通一声，就跳到水里向对岸游去。游到对岸往回一看，岸上的凤凰树下正坐着回家养病的您。我吓坏了，心想，这回您非打骂我不可，因为我知道，您小时候就是差点儿被这口水塘要了命的，并因此落下了病根。可能因为您的前车之鉴吧，母亲向来反对我下池塘玩水，只要知道我玩水了，不是打就是骂。这时，看到您在岸上，我不敢抬头，一口气游回岸边，穿起衣服就跑。出乎意料的是，吃饭的时候，您并没有打骂我，只是像往常一样，声音并不高地提醒我不要下到深水处，要注意安全。我如蒙大赦，高兴极了，只是不敢形之于色。从此，您慈祥的形象就定格在我的脑海里。

您在世的时候，因为我还小，没有机会跟您通过信。相比之下，姐姐就幸运得多了，她跟您通过信，并且不是一次两次，她至今还保存着您给她的几封信。前些年她将这些信转交给我，要我当作传家宝一代代传下去。前年，妇联征集家书，没经过您的同意，我把它复印下来投出去了。一封 50 多年前的家书，引起了轰动，因为它比那些文学创作出来的家书来得真实感人。看着您那纸质粗糙早已发黄留有不少虫蛀口子的信，您对子女的关爱，对村里人读书的重视，那一幕幕像电影一样重现在我的脑海里。

您在署期是“十二月五日”（年份已被虫蛀，大概是1962年前后）的信中说：“我现还住在医院，身体甚好，无须挂念。本年来我的收入减少，特别是下半年尤甚，是故无钱给你使用……（你）有时伙食也为之威胁，这样的苦况，我是了解的，望你暂时克服，安心学习。总之，我一息尚存，是要设法支持你的。”您这像战士上战场宣誓一样的语言，表露的是一位父亲对子女浓浓的爱啊！

父亲，读着这封信，当年的一些事就如在眼前。您还记得吗？1961年，大姐初中毕业了，全大队只有她一个人考上高中。那时女孩子能读书的不多，读高中的就更少，况且我们家还那么穷。有一天，您拖着病体回到老家，晚上，母亲对您说：“你同意女儿继续读书吗？好让她做准备。”您说：“读书又不是做生意，要做什么准备？”就这样，大姐可以高高兴兴地上学了。您虽长期躺在医院的病床上，但您对我们的学习，却时刻挂在心上。您曾写过一首《病中怀子女》的诗：“支枕常怀女与儿，算来仅读数年书。频传考试名先列，略慰无聊意稍舒。”您这明白如话的诗句，就是您心迹的表白啊！可以告慰您的，是在您逝世的公历那年，大姐考上了本科大学，那可是村子里第一位大学生啊！

您不但重视对子女的教育，对村中的读书人也关怀有加。但凡村中有子弟到城里读书，您都尽心尽力地给予关心和帮助。在我跟随您生活的短暂日子里，曾目睹您为本村一位贫穷子弟考上师范学校没钱入学的问题而大操其心。所以，村中的读书人都非常尊敬您。20世纪80年代，一位当上了县委副书记的叔辈，见到我，还同我讲起您当年关心他们这些读书人的事情呢。父亲，可能是受您重视教育的影响吧，我们姐弟妹三人从事的都是教育的事业。

“树欲静而风不止，子欲养而亲不待”，那是人之至痛。父亲，多少年了，我丝毫没有减少对您的怀念。每年到您的诞辰和忌日，不管多忙，我都要回到您的灵前，给您烧烧香，烧烧纸钱，让那缕缕青烟，带去我对您的无限思念。

明天就是父亲节了，愿您卸下一身病痛，在仙乐悠悠中节日愉快！

您的儿子

父亲节前

母亲之哭

我母亲是个普通的农村妇女，更是一个坚强的人，在她四十出头的时候，我长期卧病的父亲就去世了。母亲带着我们姐弟妹三个小孩，在农村艰难地生活着，她以羸弱的身躯撑起了一个家，让我们都完成了学业。但再坚强的人都有因痛苦而哭泣的时候，在我的记忆里，母亲有三次痛哭，让我一想起来就泪水盈眶。

50多年前的一个寒冷的冬天，久病的父亲驾鹤西去了，母亲哭得昏天黑地。埋葬了父亲之后，母亲以最高的仪式，设灵七七四十九天悼念父亲，每天早晚都到父亲的灵前哭拜。父亲的灵台上烟气缭绕，灵台下则是母亲披头散发在号啕大哭。母亲那种哭中带诉的哭丧韵调，即使是铁人听了，也为之伤心而潸然泪下。小学还未毕业的我，除了跟着默默流泪，不知所措，也不懂得如何去劝慰母亲。幼小的我那时怎能理解母亲当时的心情呢？也不懂得思考未来生活的艰难。但母亲那种哀痛欲绝的痛哭，在我幼小的心灵中刻下了永不磨灭的印象。母亲那滂沱的泪水中，饱含着对丈夫的爱，对儿女的痛，对未来生活的迷茫。经历了以后艰难的日子，我才逐渐理解了这些。

时光慢慢地流逝，日子再苦也一天天过去。那时生活很简单，每顿饭在小厨房煮好，就在厨房前放上一个大瓦盆，上面盖上一块木板当桌子，就可以吃饭了。我家的厨房和堂叔的厨房中间隔着一条小巷，一天吃完晚饭我就去玩，母亲却催我回来洗脸洗脚。我很不情愿的回来了，穿着木屐走到巷口，赌气的一甩脚，木屐却飞出去，砸到了避无可避的母亲的额头。我呆住了，母亲却哭了，哭着跑出村外，坐在村南面一个大土丘上放声大哭。我是母亲的心头肉，母亲爱我胜过爱她自己，现在我竟然甩木屐砸到母亲的头上！我害怕！我后悔！我难过！母亲的哭声就如锤子砸在我的心头。我慢慢走到母亲哭泣的那个大土丘，哭着拉着母亲的手臂，不停地叫母亲回家。我的泪水可能使母亲原谅了我的过错了吧，过了好一阵子，母亲才无声地随着我回家了。这件事过去了几十年，但那个晚上的情景还历历在目，母亲的哭声似乎还在我的耳边萦绕，它让我自责至今，我也更爱我的母亲了。然而“子欲养而亲不待”，亲恩永难报。

母亲的另外令人动容的大哭，我经历过，但我没有印象，是最近姐姐无意中告诉我的，同样令我震撼，让我体会到母亲对我的大爱，对我的深恩。

姐姐告诉我，我小时候不知得了什么病，经常会出现昏厥的状况。每当这个时候，母亲就像疯了一般，披头散发地抱起我放在天井的一个簸箕上，然后跪在地上，呼天抢地地大哭，祈求神灵祖宗救救我，保佑我。母亲啊，为了让我活下来，流了多少眼泪？她担惊受怕的心情，又能用什么词语形容得出来？幼小而又昏厥的我，当然记不起这些事情。几十年后听着姐姐的简单叙述，还是引起我内心强烈的震撼！向来我只知道，在我成长的过程中，家中有好吃的东西都是让我吃，母亲似乎偏爱我这个男孩，我总以为是因为我身体向来较弱，而不知道我的童年还有那么多的灾难，这给母亲带来多大的痛苦。现在姐姐说起来，母亲那种近乎绝望的举动就很容易理解，她那种哀号真的是伟大母爱的真情流露，几十年来母亲对我的关爱世间无物可比。

母亲于我，恩重如山，情深似海！

母亲离我而去，已经 20 年了，然而母亲的音容笑貌宛然，特别是她那撕心裂肺的痛哭，让我永生难忘。我爱我的母亲，我愿她在天国能快快乐乐，不再哭泣。

母亲教我诚实做人

我的母亲是个农村妇女，目不识丁，但很懂道理。在我的成长过程中，母亲的影响不可谓不大。其中，她教我诚实做人，不偷不骗，至今还在影响着我。

自小，母亲就教育我，不是自己的东西一定不要拿。她常常用“小时偷针，大时偷金”“要吃早，种萝卜；要死早，做徒贼”（吴川方言“卜”和“贼”同韵）等谚语，教育我从小就要养成不贪不偷的好品质，做个诚实的人。她这样教我，同时在我的成长过程中也设法保护我，杜绝我学坏。

小时候，家里很穷，要吃饱饭就是一个大问题。那时，很多人家的小孩在生产队挖番薯时都去“翻番薯”，也就是跟在挖番薯的队伍后面，在已经挖过番薯的地方再用锄头翻挖寻找“漏网”的番薯，以帮补家中粮食的不足。很多小孩在“翻番薯”的过程中，都是很老实地在那细心地“翻”，认真地寻。但也有一些小孩会趁机偷生产队的番薯，因为“漏网”之薯实在太少，实在“翻”不了多少。这种“翻”不了就偷的现象母亲是清楚的。因此，虽然家里粮食也缺乏，但母亲从来不让我跟着其他小朋友去翻番薯，怕的就是我会跟着别人学会“偷”。平时，我如果从外面捡回一些树枝、番薯之类的东西，母亲总会刨根问底地查问我东西是怎样来的，问得我都有点烦，心里有被怀疑做贼的感觉。正因为有母亲这种异常严格的教育，在我的家庭里容不得我有偷的行为，从小我就养成了诚实做人的性格。

还有一次“捉泥塘”母亲对我的教育，可以说至今还在影响着我。

所谓“泥塘”，就是在海滩上挖海泥往外筑起一条小海堤，形成一个半圆的水塘，这就叫作“泥塘”。塘里堤旁就是一条浅浅的水沟，泥塘的海堤中间留一个出口让海水进出。涨潮的时候，鱼虾就随着海水进入到泥塘里。平流了，泥塘主就拿一张网把泥塘口围起来，退潮时，海水流出了泥塘，而鱼虾就被困在泥塘里。泥塘主就用“勾拨”（在一块长方形的木板上装上一条木柄的工具）先后沿着塘堤两边的水沟把鱼虾往出口推，最后到出口收网把鱼虾抓起来。这时候人们就会跟在泥塘主的后面，去摸些“漏拨”的鱼虾，这就叫作“捉泥塘”。有时我也跟着去。有一次，一条大虾从泥塘主前面的水沟跳上来，被我抓住了，我就把虾给了泥塘主，在我的意念里，这虾不是“漏拨”的，应属于泥塘主。可旁边的人却说我太老实，抢抓沟里的鱼虾还来不及，还把到手的虾送给泥塘主。别人都这么说了，回到家，我就有点遗憾地把这件事告诉母亲。母亲说，你这样做没错，不偷不贪，诚实做人，就要从小事做起。这虽然是一件很小的事，也发生在我少年的时期，但它让我发生了一次思想的交锋，母亲的教育，使我有了正确的认识，以致影响了我一辈子，所以至今还记得。

我的母亲在她 76 岁的时候就驾鹤西去，清贫伴随着她的一生。她没有给我留下丰厚的物质遗产，却给我留下了丰富的精神财富，使我能健健康康地成长，一辈子老老实实地做人。这一笔精神财富将一代代地传承下去。

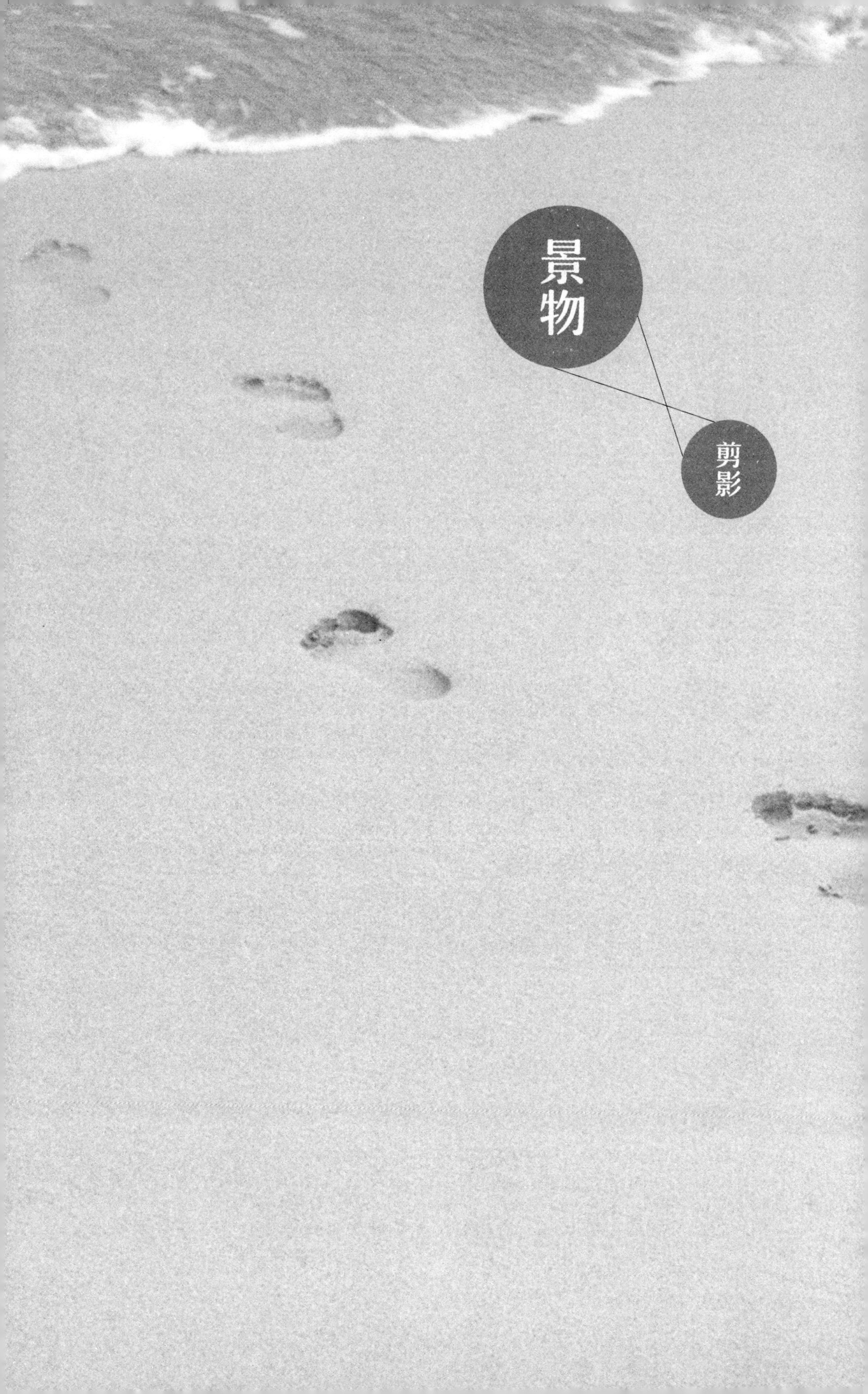

景物剪影

凤凰花开

夏天来了，校道两旁，高高的凤凰树开满了鲜红的花朵。从楼上望下去，在艳阳下满树火红，格外耀眼。

这两排凤凰树，是学校 30 周年校庆的时候，校友们经过精心挑选，赠送给母校的生日礼物。这两排树落户学校时已是成材之木，每棵都有三四层楼高，一种下去，浇上水，它们就急不可待地抽枝散叶拼命生长，一棵棵枝繁叶茂，浓荫蔽日。每当盛夏，花儿就层层叠叠地铺在树冠上，一片火红。团团簇簇的花儿和细细密密的叶子把夏阳挡住了，人走在这花道上，脸儿似乎都像化了淡淡的红妆。这盖满凤凰花的校道，成了校园一道美丽的风景。

凤凰树又名金凤树、火树，因其“叶如飞凰之羽，花若丹凤之冠”，所以成为世界上色彩最鲜艳的树木之一。它的花语就是：离别，思念，火热青春。我想，我懂得校友的良苦用心，款款深情。这凤凰花呀，寄托着校友们对在校园里度过的火热青春的回忆，对培育自己成长的母校的深切怀念。

是的，我们的学校有着太多的往事值得回忆，我们在这里度过了无数的峥嵘岁月，每一位师生的心中都铭刻下对母校的深刻怀念。我作为这所学校的创始人之一，更是对学校的一草一木都满怀深情。

35年前，一个市辖区从郊区析出，在一个农村包围着的大型国企附近安家落户了。说是安家落户，但堂堂一个县级区既没“家”，也没“户”，只好选一块空地搭起竹棚来生活办公。领导们万事待兴，却把教育放在优先发展的地位，第二年就决定办区的重点中学。8月21日，市的日报发了一个简讯：某某区第一中学破土动工。

8月31日，我们十位老师和两班学生踏着被暴雨浇灌了两个月的道路从四面八方来到学校，不，不是学校，是工地，因为连作校舍的竹棚也还未全部搭好。我们自己去买回床板，铺在借来的建筑公司的工棚里那湿漉漉的地上，开始了“开荒牛”的生涯。

9月2日上午，我们蹲在校园内一个小土墩上举行隆重的开学典礼，然后回到刚搭好棚顶的教室里站着上完上午的课。

这样的办学速度，这样的开学典礼，这样的开学第一课，世界上谁听说过？

人的一生，总有一些东西令你感动，总有一些东西让你终生难忘。我们学校的诞生，不像孙大圣那样经天地之风雨，吸日月之精华，经年累世才孕育成熟，这个刚一怀胎就仓促问世的学校，凝结了太多人的心血和汗水，彰显着“拓荒者”的魄力和勇气。

我想，那第一批的校友在此后30年的时光里，哪怕很多东西都忘记了，但这开学第一天的情景，他们应该都还记得，并且依然为之骄傲，因为那是世界上独一无二的学校和绝无仅有的开学仪式，这样的情景是别人无法“享受”的。如果说，这算是“磨难”，那它就是唐僧西天取经八十一难的第一难，它会鞭策他们攻坚克难，奋勇前进。如果是一个开始，那这片贫瘠的土地上，开始种下了希望的种子，它给了多少人成才的希望！

竹棚学校一办就是四年。在这既阳光灿烂又风雨载途的1000多个不平凡的日子里，有多少的人和事令人难以忘怀。

年过半百的老校长，带着一双儿女，早早就从海南岛来到了这个白手起家的新区，住在乡政府一间办公室里。那年连下两个月的雨，市场上买不到干柴，校长家中仅有的一点儿干柴烧完了，就劈床板来煮饭，床板没得劈了，只好每天到街边的小饭店买饭吃。填饱了肚子，就日夜为创办学校而奔忙，这“开荒牛”的牛气啊，真令人叹服！

师生们在这四年里，晚上，躺在床上，透过棚顶数过星星；白天，承受着太阳透过沥青纸送来的“热情”；台风来了，就抱着课本跑到附近单位的楼房“避难”；冬天来了，就得忍受北风从竹片做的墙壁缝隙中钻进来再钻进衣服里、骨子里的寒冷。华为人说得好：“没有伤痕累累，哪来皮糙肉厚，英雄自古多磨难。”我们的学生没有被这眼前的困难所吓倒，而是专心苦读，立志成才。我记得有个叫龙的同学，平时争分夺秒地学习，寒假里也不回家，坚持在竹棚里专心苦读。饭堂不开饭，就自己做饭来吃。那情那景，我至今还记得，我相信那红彤彤的凤凰花更记得。

四年后，学校搬到了一个环境非常好的地方，虽然校舍还在建设，但那里面朝大海湾，海浪拍打着学校围墙的挡浪墙，海湾里百舸争流，海天间鱼跃鸥飞。学校三面绿野相绕，稻花伴着书声飘香。那真是一个读书的好地方。

那一年，一位年轻的数学教研组长，脸色黄黄的高三老师病了，病得不得不住进了海那边的医院。病房墙上的挂钟不紧不慢地“滴答滴答”地走着，床上的针水一滴一滴慢慢地滴着，我们这位老师的心却异常焦急，因为他记挂着那两班准备高考的学生啊。针水重复地滴了好几天，这位老师待不住了，偷偷地跑回学校，一口气给学生上了几节课，然后又回到医院挂上针水。临行前，他对学生说，过几天我就回来给大家上课。可是，几天后，他无奈地违背了自己的诺言，永远地回不来了……

每想到这，我就不禁热泪盈眶，心里喊着：多好的老师啊！对这位把短暂的一生献给这新生的学校，献给心爱的教育事业的老师，那满树开着的凤凰花，你该记得他吧？你该永远地怀念着他吧？

一代又一代人在努力着，在传承着，在拼搏着。学校的小树苗长成了参天大树，绿荫匝地；小公园里鲜花竞放，香溢校园。教室里书声琅琅，树林间小鸟啾啾。校门口的墙上挂的牌子越来越多：省一级中学、省高中教学水平优秀学校、省国家级示范性高中……每一块都是那么铮亮，每一块都是那么令人骄傲！

凤凰花又开了，当年的莘莘学子而今已成栋梁之材，他们把高大的凤凰树赠送给母校，让它们代表他们驻守在母校，以自己的灿烂，为母校增光添彩。这一路凤凰花越开越灿烂，它们是在深情地怀念着那逝去的岁月？是在尽情地诉说着学校30多年来不平凡的经历？还是把满树的灿烂献给可敬的老师，亲爱的母校？我似乎从花儿簌簌有声的怒放中听到了凤凰花深情的花语。

木棉红

木棉，又叫红棉、攀枝花，为木棉科落叶大乔木，树形高大，雄伟魁梧，枝干舒展，高可达 30 米，花红如血，硕大如碗，远观似一团团在枝头尽情燃烧、欢快跳跃的火苗，极有气势，因此，历来被人们视为英雄的象征。

我景仰木棉树，因此，在能力许可的情况下，我到处寻找着木棉树，诚心地把它们请到校园安家落户。它们不嫌校园土地贫瘠，条件艰苦，很容易就扎下根来，心无旁骛，一心向上，舒枝长叶，越长越高，越长越壮，粗壮得要两人牵手才能抱得过，高高的超然于周围的树木之上，独秀于校园万绿之中。

我敬仰木棉树，因为它正直，粗壮，伟岸。正因此，英雄的城市广州选木棉树作市花，诗人舒婷让它与“铜枝铁干”的橡树平等站立。更夺人眼球的是，在寒风凛冽的季节，在百花凋零的时候，它干脆利落地抖掉满身的叶子，抛弃身上所有的包袱，毫不谦让地迎着寒风，昂首怒放，一层一层的，仿佛一夜间缀满枝头。远远望去，那朵朵木棉花就像天上那簇簇红云，寒夜里给人温暖的支支火炬，又像那催人奋进的面面红旗。这是它外观给我留下的美好印象。当然，这外观就足够让人惊艳了。

我对这英雄树充满敬意，更因为它坚强，有着顽强的生命力，是树中的伟丈夫。

“木秀于林风必摧之。”因此，木棉树遭到的灾难可不少。我们湛江是台风多发地区，每年木棉受台风的折腾就可想而知了。每当台风来临，木棉不躲不避，总是迎风挺立，勇敢地与狂风较劲。哪怕“败鳞残甲”满天飞，它也毫不退缩。即使枝干被腰斩，也绝不屈服。可以想象，那是多么壮观的生死搏斗，在这搏斗中，木棉树表现出了多么顽强的生命力和坚忍不拔的斗争精神。

木棉是勇敢的，更是顽强的。2015 年 10 月 4 日，超强台风“彩虹”夹着风刀雨箭从西北方向向校园扑来，横扫着绿树成荫的校园，大树、小树，一棵棵被吹倒，被折断，枝叶漫天飞舞。一棵在 30 多年前就屹立于校园西北角的高大木棉树，首当其冲。在与台风的殊死搏斗中，似被刀从树头砍断一样，树身轰然倒地，就像一位顶天立地的英雄战士，在弹雨中倒下。

风停了，雨住了，师生们在清除台风的痕迹。倒伏的树木被扶起来，断了的、死了的被抬走，这棵木棉树的根全部折断了，理所当然地被归入“阵亡者”之列，即使它有着“英雄”的称号。幸运的是，它太高大、雄伟了，人力搬不动它，吊机也没空来光顾它，它被推到了倒塌的围墙之外，真有点“死无葬身之地”的样子，任由风雨慢慢地埋葬它。

“英雄”倒下了，并受了重伤，但还未死！它也不甘于这样死掉，虽然人们已下了它已经死亡的结论。它静静地躺在暴风雨洗礼过的湿润的土地上，利用自己沉重的身躯，压向地面，让身体与地面多点接触，以吸收维持生命的水分；它仰面朝天，尽量承受雨露的恩赐，以滋润干涩的内心。它在内心默默地呼喊着：要坚强，要活下去！

秋天过去了，冬天过去了，春天也过去了，英雄树终于长出了几支枝丫，嫩黄的叶片在微风中摇动，好像在向人们呼喊着：我活着！我还活着！

2016年5月2日，距离“彩虹”离去将近七个月的时间，我发现了重新活过来的“英雄”。我惊喜！我激动！我跑到围墙外抚摸着树身，树皮润滑，树确实还活着！经过漫长的七个月的煎熬，英雄树依然还活着，并且充满生机，长出了新枝新叶，奇迹！真是奇迹！这显示了何等顽强的生命力啊！它被吊进了围墙，又重新站立起来，舒枝长叶，绿荫大地，灿然开花，越长越茂盛，不愧“英雄树”的称号。师生们则称它为“树坚强”。

今年春天来得有点晚，但木棉花开得比往年早，遒劲的枝条上早已密密麻麻的缀满了蓓蕾，春节前几天又灿烂地绽放了。

今年的春节静悄悄的，偌大的校园空荡荡的，只有寒风在呼呼地叫，几乎没见到人影。这时，广场边上高大的木棉树映入了我的眼帘，枝条上那似火般的花儿格外醒目，给身处寒风中的我以无限的温暖和力量。我在心中呼喊着：英雄树！英雄花！望着这被称作“英雄”的树和花，我想到了20世纪20年代广州农讲所大院里的红棉树，耳边响起了20世纪80年代响彻祖国大街小巷的《我们相会在攀枝花下》。我的思绪突然疏通了，眼前这木棉树显得异常高大伟岸，那朵朵木棉花显得格外殷红鲜艳。

木棉花灿烂地开了，它告诉我们，春天已大踏步、不可阻挡地来了。当春晖洒满大地、洒进人们心房的时候，一切魑魅魍魉都会彻底灭亡，神州大地又是一个万紫千红的春天。

我心中的银杏

世间花草树木繁多，人们对之各有所爱。靖节先生独爱菊，所以喜欢“采菊东篱下”；濂溪先生喜欢莲花，所以便有了《爱莲说》传世。这些文人雅士所钟爱的我也喜欢，同时，我的心中也有一棵古老而高大的树——银杏。

初识银杏，是在1979年。作为“文革”后第一届师范毕业生，我担任初中一年级的语文教师。课本中有一篇大文豪郭沫若先生写的《银杏》。初一学生要学习这么一篇寓意颇深的美文，确实不易，就是作为老师的我，也有难为之处。文中有个词汇“八荒”，把我难住了。好在刚花了半个月工资买回了一本缩印本的《辞海》，才得以解决这个难题。为了把课上好，我认真备课，反复诵读，以致能把整篇文章背诵下来。经这么折腾，我较好地完成了教学任务，同时，也对“银杏”有了深刻的认识，它深深地“种”在我的心田。

再识银杏树已是十三年后的事了。那年暑假，我有幸到北京旅游，在公园里看到了一棵挂着标有树名牌子的银杏。我喜出望外，就像见到思慕已久的恋人。我走向前去，抚摸着它那粗糙的树干，就像是轻轻抚摸恋人的脸颊。退到远处，我仔细端详着银杏的树形，力求印证郭老文章中对它的描写。它高大、正直。这时还未到秋天，自然看不到《银杏》里写的“秋天到来，蝴蝶已经死了的时候，你的碧叶要翻成金黄，而且又会飞出满园的蝴蝶”的奇观。时值盛夏，正可见郭老喻之为“巍峨的云冠，清凉的华盖”的辐射状散生的枝条，凌空覆盖着大地。这时，眼前的银杏树具体而深刻地重合在郭老的美文里，鲜活在我的心中。虽然已过多年，《银杏》全文已忘记了许多，但一些句子依然还在耳畔回响：“……你是真应该被称为中国的国树的呀，我是喜欢你，我特别的喜欢你。但也并不是因为你是中国的特产，我才是特别的喜欢，是因为你美，你真，你善。你的株干是多么的端直，你的枝条是多么的蓬勃，你那折扇形的叶片是多么的青翠，多么的莹洁，多么的精巧呀！”

银杏树被郭老誉之为“国树”，是因为其美、其真、其善；是因为它是植物界的活化石，在地球上已存活了二亿五千万年；是因为它比梧桐更坚牢，比白杨更庄重。难怪汉代司马相如把它看作栋梁之材，他在自己的名赋《长门赋》中写道：“饰文杏以为梁。”文杏就是银杏，它的种子叫白果，所以银杏俗称“白果树”。银杏树生长较慢，寿命极长，自然条件下从栽种到结银杏果要二十多年，四十年后才能大量结果，因此又有人把它称作“公孙树”，有“公种而孙得食”的含义。此刻，在古都里观赏到树中的老寿星，我感触良多。在共和国的历史里，有多少银杏般的栋梁之材，以自己钢铁般的脊梁，撑起了共和国这座大厦。他们像爷爷那样，种下了参天大树，让儿孙们享受那丰硕的果实。

我长久地徜徉在银杏树下不肯离去。不少游人也从树下走过，他们都要看看银杏，说说银杏，树下洋溢着对银杏的赞美之词。有的说，银杏的木质纹理紧密，是建筑和手工业的高级用材；有的说，白果可好吃啦，既是食品又是药品；有的说，过去我们拾捡它的落叶引火，可好烧了，据说这叶子还是治病的宝贝呢。听着游人的话语，我对这古老的树种更加敬仰。它是大自然赐给人类的宝贵财富，它把身体的所有部分都奉献给人类，它就是真善美的化身。

此后，我对银杏一直怀有浓浓的情愫，它成了我向往的一种境界、一种理想、一种永恒。

我想念它，时刻关注着它的信息。其实，它和我的生活息息相关。我的家乡有一道名菜，那就是白果煮猪肚，那是我的最爱，宴桌上只要出现了这道菜，我就会毫不谦让地吃起来。吃着白果，我就会想起那银杏，那令人景仰的银杏。我的柜中，还放着几盒“银杏酮酯滴丸”，它用生命最特殊的方式为我们的健康服务。

银杏是平凡的，也是伟大的！这植物界的活化石，初心不改，一直全心全意地为人类奉献着。我要高声地赞美银杏，因为它是我心中永远的高树！

新蕊

我们学校广场上，有两棵巨大的高山榕，每棵树干都要几个人手拉着手才能搂抱得过。两棵树长得枝叶茂盛，遮天蔽日，几百号人坐在树荫下开会，也不会被太阳晒到。

春天又到了，春意缭绕在万紫千红中。我在广场上漫步，不经意间发现，茂密的树冠上，历经了一年风雨的墨绿树叶，布满了瘢痕，一块块树叶，就像一张张长满老人斑的脸。再细细看看，枝叶间吐出了一枚枚新蕊，白里透黄的，密密麻麻地布满了整个树冠。一枚枚新蕊，尖尖的，就像无数的箭镞，向四面八方射出去，充满了生命的张力，蕴涵着不可阻挡的活力，透着浓浓的春的气息。新蕊的后面，有的摇曳着胎衣，有的带出了几片新叶。新叶嫩嫩的，绿绿的，洋溢着光泽，在老叶子的衬托下，格外打眼。几只小鸟已在枝叶间跳着、叫着，兴奋得很。

春风摇着树冠，老叶子和新蕊后面的胎衣不时从树上掉下来，铺满了树下的地板。新旧间杂，分外鲜明。风儿扫过，落叶打着滚，飒飒作响，就像一支迎春的小调。踩着落叶，脚下发出吱吱声，就像踏着春天的鼓点，翠烟绿霞中，我好像变得精神抖擞，意气风发。

望着瘢痕累累的老叶托着无数的蕊箭和绿得逼你的眼的新叶儿，看着地上的落叶混着新蕊的胎衣，感受到了岁月的沧桑，生命的力量和新旧更替的规律。

这两棵树是从前我和同学们亲手种下的。十多年来，看着它们光光的枝丫，吐出蕊箭，长出新叶，伸出新枝，绿满枝头，年复一年，越长越大，越长越高，终至枝叶相交，绿荫匝地，成了两把巨大的绿伞，成了学校的镇校之宝。它们在岁月的交替中，长枝更叶，张扬着绿的意境，磅礴于校园的上空，奏出一支雄壮的青春之歌，生命之曲。

每年都有一批批的校友回到校园相聚，他们流连在大树底下，都不约而同地感叹："啊，大榕树长得好快哟！"是的，蓬勃生长的大榕树，就像校友们一样，充满着青春的活力，充满着勃勃的生机。

在和校友们欢聚的同时，我常常在想，大榕树何以青春常在，越长越茂盛？看着满树的新蕊，看着似乎一夜间冒出亮亮的新叶，看着簌簌地掉到地上的布满瘢痕有点卷曲的老叶，我似乎找到了答案。

一年一个轮回，一春一个更新，新蕊破空而出，新叶随之而生，老叶知进退地离开枝头，换来全新的树冠。新枝越长越长，新叶越长越多，枝繁叶茂，生生不息。这就是大树不老，永远朝气蓬勃的原因。

望着满树的新蕊，我想到了我们的校园，想到了我们的事业，想到了我们的国家。新老交替，是自然的规律。顺应规律，吐故纳新，推陈出新，开拓创新，我们的事业就会兴旺发达，我们的国家就能不断进步，引领世界的潮流。

想到这里，我不禁对树冠上一枚枚新蕊肃然起敬，因为它们代表着新生，代表着希望，代表着未来。

人间四月桃花芯

我每晚有散步的习惯，今天晚饭后我又走下了楼房。

今晚天气很好，落日的余晖灿烂在西面的天际，一片彤红。我沿着灯塔公园的人行道，向灯塔路走去。走到街口，一幅奇异的景象出现在我的眼前。只见街道两旁的桃花芯树上下起了金黄的叶“雨”，无数的黄色的叶片纷纷扬扬地飘落，微风吹拂间，就好像无数只金色的蝴蝶在漫天飞舞，蔚为奇观。

树木落叶我们从未少见，每年秋风起时，枯叶就零零星星地时不时从树上飘落，无声无息的，并没有引起人们的注意。

而桃花芯树跟那些一到秋天就无精打采地甩落叶子的树木不同。秋天到了，它似乎毫不介意，依然为挡住骄阳而忙碌，因为南国的秋天，依然艳阳高照。当朔风剥光了诸如苦楝树、紫薇的残叶时，它还是不为所动，依然郁郁葱葱，用它一身的墨绿，继续展现霜天大地的勃勃生机。

冬天过去了，春天来了，万树又纷纷展现它们嫩绿的新衣，百花争着向人们献上美丽的花朵，而桃花芯“俏也不争春”，依然穿着一身微带尘埃的旧衣装，默默地坚守着岗位。直到春末夏初凉而未热的四月天，劳累了一年的桃花芯才换下它那身旧衣，那还带有润泽但已变黄了的老叶子，干脆利落地从树上纷纷而下，似乎还带着窸窸窣窣的声响。那刚扫过不久的马路和人行道瞬间就铺满了黄色的落叶，在夕晖的映照下就像是满地的金片，地面似乎连一点儿空隙也没有，给熙熙攘攘的城市创造出了一道别具一格的风景。此时，我踩在铺满金叶的路面，有一种很特别的感觉。望着纷飞的叶“雨”，踩着满地的“金片”，我一下子有了诗的灵感，不禁吟道：

此树称桃没艳芯，凌冬不减夏时阴。
人间四月芳菲尽，始见缤纷叶似金。

是的，桃花芯树真的与其他树不一样。它虽不被列入名贵树种的名册，也不被人供于花盆养于雅苑，但它因模样平凡却精神高尚而令人另眼相看。

桃花芯完整的名字叫“非洲桃花芯”，它原产于非洲，也生长在美洲，实在要论起身份来，它可不简单，桃花芯树被封为多米尼加共和国的国树。它名叫桃花芯，可跟桃花一点儿关系也没有，只因木材呈桃花色泽而得名。它没有桃树之阴柔，颇具松树之阳刚。它挺拔粗壮，最高可达50米，主干一人搂抱不过。它亭亭如盖，遮天盖地，叶儿稠密，叶色浓绿，一年四季，绿色不改，为行人遮风挡雨，让鸟儿在树上筑巢歌唱，是最亲民的一种树。它更没有桃树的娇气，它喜高温，需充足的日照。它耐干旱，种活后就不需人们再浇水。它易生长，不择地势，不管沃瘠，随遇而安，种下了就高高兴兴地长起来；什么时候要求它迁移，它都能够在新的环境里好好地活下去，长起来，很快就枝繁叶茂，生机盎然。正因为它亲民不娇，随地而安，易活快长，我们学校刚创办，还未建楼房时，就在校园周围先种上了数百株桃花芯树，它有幸和我们这些第一批到学校的教职工，成为我们学校的“开荒牛”。

桃花芯树是那么坚强，永远保持着朝气蓬勃的精神状态。夏天，烈日暴晒，暑气蒸腾，它依然高昂着头，片片叶子依然饱满润泽；冬天，寒流凌迫，百花凋零，不少树木光秃秃的，但它始终本色不改，坚守阵地，片叶不凋，似乎在向风刀雨箭叫阵。

桃花芯树又是那么负责任，自己的事选在最恰当的时间去处理，绝不影响它为大众服务。春夏之交的四月，风儿轻轻，阳光熙熙，温而不热。桃花芯树利用这有利的时机，哗啦啦的抖落了满身的老叶，人们似乎一下子有了悲秋的情怀。然而，这情怀还未开始，人们又看到了春天的艳丽、夏日的蓬勃，因为树上金黄还未褪尽，嫩绿又站满枝头，不经意间，树冠一下子又丰满起来，显得更鲜嫩，更精神抖擞。桃花芯树以最快的速度完成了一年一次的大换装，让大地充满生机，让城乡更加绿意盎然。这跌宕起伏的变化，令人眼花缭乱，甚至来不及好好品味，真是换装遮阴两不误啊。

这人间四月的桃花芯树，给我们演绎了自然界独特的精彩，也给我们的人生予有益的启示。

盆架子开花香满园

近日进出校门，便闻到一股浓郁的香味，我知道，盆架子树开花了。我抬头向校道望去，哇！绿白色的花儿缀满了树冠。我不禁一阵惊喜。

10 多年前，兄弟学校送给我们三棵盆架子树，每棵有十多米高，挺拔直立，给人一种独特的韵味。由此，我认识了盆架子树，也开始渐渐了解盆架子树。

盆架子树有很多名字：盆架树、黑板树、山苦常、马灯盆等，不能一一列举。而最为人熟知的，被叫得最多的就是盆架子树。它是一种常绿乔木，高可达 30 米，树干挺拔竖直，枝条展开呈水平状，层层有序，很像过去人们洗脸用的脸盆架，所以得此名字。

盆架子树生长于热带和亚热带，喜阳光，喜温暖至高温环境。高大挺拔，枝叶有别于其他树，一层一层地往上长，树形高雅，树冠优美，修长的叶片整齐地排列着，叶色绿亮，令人喜爱。再加上它对泥土和养分的要求不高，只要有充足的水分，它就拼命地往上长。它外形文雅而性格坚毅，抗风能力强，很少病虫害，是高级的庭园绿荫观赏树及行道树，也因此成为我之所爱。我和同学们在校园里种下了两批共几十棵盆架子，不到十年工夫，当年几厘米胸径的小树苗，现在长成了参天大树。它们耸立在校道两旁，绿荫覆地，成为校园美丽的一景。

每年秋末冬初，金风飒飒，校园里已基本没看到花的影子，一些树和花甚至连叶儿也变黄了。这时候，盆架子树开花了，淡绿白色的盆架子花缀在绿叶上，在素色的校园里分外抢眼，独占了校园的美景。盆架子花在怒放的时候，还散发出浓郁的香味，不分白天黑夜洋溢在宽广的校园里，直沁入教室里，宿舍内，人群中，就像给校园的每个角落洒遍了香水。

不知是水分充足，还是气候条件好，今年盆架子树花开得特别多，特别热烈。你看，校道两旁的盆架子树的树冠上，缀满了花儿，一簇一簇的，每一棵树都像挂满了绣球，它们像北方冬天的树，枝叶儿披盖着厚厚的雪花，是那样素雅，那样高洁，给人一种空灵的感觉。长长的校道，琼枝玉叶，花团锦簇，香气逼人，人行其中，眼似迷，心儿醉。我徜徉在盆架子花下，欣赏着千朵万朵的花儿，就像陶醉在雪浪滚涌的花的长河里。周围弥漫着馥郁的花香，在这里，很好地理解了花香袭人这个“袭”字。我不禁脱口而出：好香啊！盆架子花。

花开满枝景色美，香气馥郁游人醉。欣赏着这素色的花儿，吸纳着这醉人的花香，我陶醉了，一种浪漫的感觉油然而生。这秋末冬初时节的花事，这一年一度的花香，是大自然的恩赐，难得啊！

仙人跪石

村子后面，凸起一个宽广的后岭，后岭上覆盖着厚厚的猪牙草，四季常绿，经年不败，将后岭裹得严严实实。后岭的东面，嵌着两块孪生的红朱石，人称“仙人跪石”。石板上，留有仙人跪拜时深深的膝盖印痕，还有圆圆的奠神的酒盅和长长的剑砍石头的痕迹。

我知道，那是仙人留下的痕迹。曾听说，混沌初开，乾坤始奠。轻清上浮，重浊下凝，于是人世间便有山有水。村子后面是一湾碧水，通吴川，通电白，也通广州湾，连着滔滔滚滚的南海。潮起潮落，肥了鱼虾，托起了舟船，一片片白帆迎着日升日落往返。村后长起了一块赤土，海水滋润着它，太阳温暖着它，它生机勃勃，每天都以三个拳头高的速度往上长，也不断地长宽，长到海变得越来越深，天变得越来越低，路变得越来越难走。龙王慌了，百姓慌了，玉帝也慌了，他的宝座有被顶翻的可能。

于是，玉皇大帝就派神仙下凡，以图制止后岭的长高。先派的是谁？是太白金星？可能是的，因为这老头和气，圆滑，善于通融。他来到了后岭的东面，找到了那两块凸起的红石块。我想他身负重任，一定不惜放下身段，在石块上摆上酒盅，斟满美酒，屈膝叩拜，口中不停地念念有词，真可谓苦口婆心，动之以情，晓之以理。可能跪拜的时间不是一天两天，可能是七七四十九天，因为膝盖下的石板都凹下去了，留下了深深的膝盖印痕。可能是后岭不给太白金星面子吧，或者老头说的道理打动不了这生生不息的泥土吧，后岭还是不停地长高长大。无奈，玉帝找来了佛祖，商量的结果就是刚柔并济，有文的，还要有武的，恩威并施，一定要制止后岭的生长。于是，又一位威风凛凛的天神下凡来了，他代表天的意志，来到了红石前，挥剑向红朱石砍去。是的，是用剑砍的，不是用斧头劈的，斧头劈的痕迹没有那么长。也不是用刀砍的，刀砍的痕迹没有那么细。那这尊天神是谁呢？一定是佛祖门下的四大金刚之一南方增长天王，四大天王中只有他是用长剑的。如果是他，他一定一身青色，穿甲戴胄，映得满岭的草儿都一片青翠。我佛慈悲，佛祖的护法并不慈悲。不慈悲的护法，才能保证佛祖的慈悲造福人间。你看，后岭停止了长高长大，自然界的秩序正常了，海还是海，没有变小变深；天还是天，高高在上，艳阳高照；老百姓赶海，走过后岭再稍稍顺着斜坡往下走就是海边，鱼虾螺蚌，养育着一方百姓。

后岭不再长高长大了，满岭的猪牙草绿油油的，显示着安详与和睦。那两块红朱石紧紧地连在一起，永不分开，就像两块胎记，印在后岭东面的额头上，记载着仙人跪石的故事。人们不停地来到石头前，读着仙人跪石的故事，想着沧海桑田，想着大禹治水，想着愚公移山。青藏高原珠穆朗玛峰是不是也像后岭一样天天长高，因没有仙人跪拜剑砍而“刺破青天锷未残”？不，仙人可能也提着刀剑来了，可能砍的方位不对，砍出了一条雅鲁藏布江。于是，高原之上，水从天上来，滋润着万物生灵。

我徘徊在仙人跪石的周围，也试着向石板上的印痕跪下去，膝盖刚刚好重合在印痕上。霎时，我的心灵似乎和千万年前的仙人沟通了，理解了神明对顽冥的教化。可惜我手中没有天王的青锋，试不出石板上剑痕的深浅。这留有膝印、剑痕和酒盅痕迹的朱红石板，是不是千万年来人类文治武功的图腾？是不是人类改天换地重整山河的密码？我不得而知。不过，年近古稀的我，也见证了后岭下那一湾海的变化。先是人们用肩挑手挖，筑起了一条大坝，截断了沧海云雨，创造了联岛的神话。再后来，人们又凭着一双双妙手，把汪汪碧水，裁成方方的一块块，就像一面面明镜，倒映着太阳的光辉。舟楫通不过了，白帆从这里消失，却给海虾提供了生长的天地，一面面明镜里，虾儿畅游着，欢快地跳跃着。这沧海虾池的变化，就出现在仙人跪石的脚下，这变化，分明是仙人跪石故事的延续。是的，这故事从来就没有停止过，每天都在上演着，而且，故事来得惊天动地，前无古人，你看，奔腾不息的长江，在那叫作三峡的地方，不是横亘着一条大坝吗？那才叫作鬼斧神工，气势磅礴，人间奇迹！

仙人跪石上深深的膝盖印痕，是不是太白金星留下的？那只是我的猜测，并没有史书记载。不管他是谁吧，反正是“仙人”。仙人就是先人，我们的先人在漫长的改天换地的过程中，在把野蛮改造成文明的过程中，铸造了坚韧不拔持之以恒的精神，这跪石留痕，砍石留迹，不就是这种精神的体现吗？这仙人的精神，就像石头下面的流水，万千年来浸润着亿万普普通通人，浸润到人们的骨髓里，从而焕发出巨大的力量。于是“高峡出平湖”“天堑变通途”“旧貌变新颜”。

仙人跪石一直深深地嵌在村子的后岭上，和广袤的土地融为一体。当年那两位仙人不知安否？是否还记得当年他们留给人间的杰作？恐怕记不得了，因为世事沧桑，换了人间。

冼吴庙遐想

我的家乡南三岛本是由10个小岛组成的群岛。在还未联岛之前，我们的村子就位于群岛西部的巴东岛的东边，一弯清波从村前荡过，晚归的船儿就拴在岸边的榕树根上。在村子东头榕树后面，屹立着一座神庙，叫作“冼吴庙”。

冼吴庙建于何年？我找不到可考证的史料。我见到最早提到它的，是20世纪五六十年代出版的《湛江概览》一书。我记得神庙里有一口钟，上面刻有“万历年”字样，应该是神庙历史的见证物。可惜此钟后来不知所终。上星期我回村子，一村民高兴地告诉我，在村道挖沟安装排污管时，挖出了那口钟，并把钟拉来给我看。可惜钟已被打烂，只剩下上半部分，且锈迹斑斑，字迹已无可辨认。村干部正找考古人员考证此钟的“年龄”。神庙文化也是传统文化的一部分，如果能让“万历”字样重现，那它就给我们出了一道考题：是谁建的这座庙？建庙的初心是什么？

小时候，我听老人说，我们村子这个地方，是先有庙后有村的。我的先人是在明嘉靖年间从吴川迁居到这里的，迁到这里时，神庙已经有了。我们村子后面有一个宽阔的岭头，岭脚下有一眼清泉，终年不干。岭南面，是一片宽阔平坦的土地，后来村舍就建在这里。几百年前，来往的船家便在此停泊，上岸加淡水，或者在此交易粮食货物，这里就成了一个埠头。不知因何机缘，也不知何人牵头，船家们便筹集资金，在这里建起了一座简陋的神庙，供奉岭南巾帼英雄冼夫人，称“冼太庙”。我的先祖迁居这里后，可能到了明万历年间，重修庙宇，又供奉了功曹吴法帅，庙名也就易名为“冼吴庙”。再后来，又添了一神祇旗头大将，人称“旗头公”。后来还进了一些神，但主要是这三位神祇，只有他们才有轿子坐，其他的没有。几百年来，冼吴庙一直香火鼎盛，虽然和全国神庙一样，曾有过短暂的有庙无神的日子。

中国的庙文化是中华文化的一个部分，它随着中华民族的形成而出现，一直延续至今而源源不断。各地神庙供奉的神五花八门，有的来自神话传说的神仙，有的来自历史上著名人物或功臣良将，在这些“神”的身上无不体现出老百姓的某种信仰，神庙也就蕴藏着许许多多的神话故事和民间传说。可以说，神庙以一种神秘的力量传承着我们民族的传统文化。

冼吴庙的第一号神灵冼夫人，即谯国夫人冼英（512—602 年），又称冼夫人，南北朝时期高凉郡（今广东茂名市电白区电城镇）人，后与当时的高凉太守冯宝结为夫妻。冼夫人善于结识英雄豪杰，是中国南北朝时期的政治家、军事家、社会活动家。她率领族人归附隋朝被封为谯国夫人，去世后被谥为“诚敬夫人”。冼夫人一生审时度势，历经梁、陈、隋三朝，顺应历史潮流，致力维护国家统一、促进民族团结，功勋卓著，先后被七朝君王敕封，被尊称为岭南“圣母”，深得后人敬重，不少地方建有神庙供奉她。数百年前，在冼夫人的家乡电白至近代的广州湾的水路之间的南三岛上，建起一座冼太庙也就是再自然不过的事情了。人们敬仰冼夫人，我们村子的女儿一出生，都要“契”（认干娘之意）冼夫人，每年冼夫人诞辰，“九代姑婆”都要回来拜祭。可见，村民对冼夫人达到了迷信的程度。这个“迷信”是建立在对冼夫人维护国家统一、促进民族团结的基础上的，具有极大的正能量。

中华人民共和国成立以前朝代更迭，军阀割据，伴随的是兵荒马乱，烽烟四起，遭难的是黎民百姓。因此，海晏河清，天下太平，人民安居乐业，就成了广大人民的渴望和追求。促进民族团结，维护祖国统一的岭南巾帼英雄冼夫人居庙堂之高，受万民膜拜，也就顺理成章了。今天，在共圆振兴中华民族的中国梦的过程中，实现祖国完全统一是我们一项重要的历史任务，时代还热烈地呼唤着冼夫人的精神。

古时候，人们没有力量应付自然灾害，每当遇到天灾人祸，就只能将希望寄托于神灵。南三这个海岛，没山没河，土地以沙质土为主，遇到干旱，往往十种九不收，旱灾就成了岛民生存的最大威胁。数百年前的先民们，便把解决干旱以求活下去的希望，寄托在神灵的身上。因此，就不难理解“冼吴庙”里供奉的另一神灵就是功曹吴法帅了。

功曹的坐像高大威武，右手持剑，左手向上，拇指、食指和尾指竖起，托着一个杯子，右脚光脚。传说他能上天偷水，那个杯子就是装水的宝贝，到天上舀来一杯水，就能解一方旱情，救苍生百姓。有一次功曹又到天上去偷水，结果给天神发现了，于是就急忙逃跑，连右脚的鞋子也跑丢了。功曹为民奔波的精神可见一斑。我们村子至今还流传着一句俗语：“功曹打落（丢失的意思）靴”，说的就是为百姓的事而奔波忙碌的精神。小时候，有一年天大旱，“野田禾稻半枯焦”。我曾见过，乡民们跪在烈日下的草席上，焚香叩拜求雨，叩拜的神灵就是功曹。现在，冼吴庙里，功曹还高高地坐在神龛上，享受着信众的香火。但他再也不用那么劳碌了。

冼吴庙里供奉的第三尊神灵是旗头先锋勇猛大将旗头公。神像是站立的，持着刀，黑着脸，威风凛凛。出游时，他没有坐在轿子里，而是站立在一个方台上让人抬着。小时候，每到元宵节期间，我们最喜欢抬着旗头公去巡村收香（就是在村巷接受村民的香火）。传说旗头公虽没上天为百姓偷水的本领，但十分灵验，乡村百姓，有求皆应。他疾恶如仇而又勇猛善战。

我想，在众多的神灵中，这位好吃狗肉而又上不了天堂的神祇能跻身于这座古老的神庙，他的身上定然是寄托着黎民百姓的某种希望。古时候，远在南海边上的孤岛南三，“天高皇帝远”，除了环境恶劣，还少不了人患，岛上的恶霸，海上的海盗时不时就会来欺负抢劫百姓，闹得人心惶惶，不得安生。人们希望平平安安过日子，希望日有三餐、夜能安枕。可是，那些个兵荒马乱的年代，人们的希望总是不能实现。于是，他们又把希望寄托在神灵身上，希望有一尊神灵能保佑他们的安宁。于是，旗头公这尊“弱势群体的保护神”就成了信众的选择，我想，这个选择是合理的。几百年悠悠地过去了，在缭绕的香火青烟中，我们感受到，社会底层中的弱势群体，永远需要一尊有力的保护神。我们的党就是为充当这一角色而来，我们的人民政府，正在为做好这一角色而不懈努力着。

星移斗转，时代变迁。冼吴庙后面宽阔的岭头依然苍翠，门前的海湾早已发生沧桑之变。经过多次修缮，冼吴庙变得更堂皇而有气势。虽然人们的思想观念已发生了巨大的变化，但庙宇依然香火缭绕，年例更盛大地在上演，神诞依然引来众多的信众，这是一种文化的延续。当我们徘徊在庙宇的里里外外时，我们是否能透过那层“迷信”的薄纱，认识其中正面的内核，弘扬一种合理的正能量的传统？我在遐想着……

雄雉于飞，泄泄其羽

我们学校所在地，原来是个小海岛，俗名叫鲤鱼墩。小岛上种了些无精打采的番薯和木薯，几乎一棵树也没有。人们在它的南边和西北边各堵了一条海堤，让它和陆地连起来。堤外，碧波荡漾；堤内，稻浪滚滚，东面则是水塘汪汪。

三十年前，学校落户在这里，师生们在荒凉的小岛上广种其树，现在，校园已绿树参天，花草遍地，是师生学习生活的好地方。围墙外和沿岸海滩上，政府种上了一大片红树林，昔日肮脏的滩涂如今变成了绿色缎带。连着红树林的，是美丽的灯塔公园，公园内高高低低的树遮天蔽日。这一片满是沟沟壑壑的土地，出现了森林学校、森林公园和森林海滩，为各种鸟儿提供了生息繁衍的好环境。这一片绿的世界呀，成了小鸟的天堂。公园里，鸟声伴着人们的笑声响起，鸟儿随着人们的舞蹈翻飞。沿着岸边的长廊走，不时能看到鸥鸟站在密密麻麻的红树林枝丫上摇呀摇的，非常潇洒。有时，扑棱一声，几只海鸟冲出红树林向碧空、向大海飞去。美丽的港城增添了几笔生动的写意。

我们学校濒临海边，挨着公园，靠着绿野，面积近160亩，凡能种树的地方都种满了树。学校中间是个面积达5000多平方米的大广场，广场周边种着一棵棵校友们捐赠的大树，有的树要几个人手牵手才能搂抱得过。大树又高又壮，枝叶浓密，浓荫匝地。广场前边是个公园，公园面积虽不甚大，但竹木花草种类繁多，高高低低，争奇斗艳，成了鸟儿的家园。偌大的校园，到处都是树木花草，也到处都有鸟儿在尽情玩耍。白日里，它们外出觅食；傍晚，就更热闹了，百鸟归巢，鸣声四起，叽叽喳喳，就好像在合奏着一支天籁之曲。鸟儿一点儿也不怕人，在人群中高飞低翔，有时候还飞到广场上翩翩起舞。

我住在校园里，鸟儿成了我家的常客。它们会停在窗台上，斜着小脑袋往我家里窥探，或是呼朋引伴，站在阳台上歌唱，或是三三两两在我那为数不多的盆景间嬉戏。这时，我就静静地欣赏着这些小精灵的表演，很是惬意。是呀，这简直就是一幅怡人的众鸟欢乐图。这图比起那些名作来有过之而无不及，它是真实的，活灵活现的，也更充满生机和情趣，没有哪个画家能描绘得出来。我一动不动地看着这幅“画”，看着画中的小鸟，生怕它们从画中飞走。窗外，还时不时传来几声婉转的鸟鸣声，更使这幅欢乐图显得有声有色，令人怡情悦目。我好幸福，幸运地生活在这万物和谐的小天地里。

听着鸟儿的欢鸣，看着鸟儿的倩影，享受着人与鸟和谐相处的生活，我感慨万分。

记得我们刚扎根在这小岛上，东边远远的有几棵旧树，还有一两丛簕竹，簕竹上时不时传来几声“咕咕……咕咕……”的斑鸠鸣叫声，不多的树上偶尔也会飞来几只小鸟，为这荒凉而又充满生机的校园增添了些欢乐的气氛。可是，一些不和谐的行为出现在这个还未建有围墙的校园，时不时有一些人从边沿处溜进来抓小鸟。从此，鸟的踪迹不见了，斑鸠声成了绝唱，琅琅的书声显得那么单调。

南面那片数以千亩计的水塘，水草肥美，不少的水鸟就在那觅食繁殖。

还有很多海鸟晚上也到这里栖息。可是，夜晚却有人用网用圈套来捕捉它们，用录音机播放鸟鸣声诱捕它们，和谐的环境遭到破坏。

这不和谐的一幕幕，引起了民众的强烈反感和政府的高度重视。于是，爱鸟护鸟的宣传高调地搞起来了，人与自然和谐相处的意识迅速提高了。校园里再没有人进来抓鸟。一代代学子传承着爱鸟护鸟的好传统，从来没有人爬上树上掏鸟窝或抓鸟。好多年前，我看到了这么一幕：在学校的公园里，一只小鸟不知怎么被卡在树丫间，怎样挣扎也脱不了身。一位小同学见到了，就掰开枝丫，抓住了这只小鸟。这时，旁边几位同学就跑过去，急忙叫那位同学“放了它！”那位小同学轻轻地把手掌伸平，让小鸟在他的注视中飞走，又自由地在公园上空飞翔。广大市民也成了鸟儿的保护神，公园和红树林里，从来没有人去抓小鸟，校外那一大片水塘各种水鸟又可以安宁地栖息了。于是，就出现了前文所述的“雄雉于飞，泄泄其羽”的盛况，出现了百鸟和鸣，人欢鸟乐的景象。

你听，窗外的鸟儿又唱起来了。这声音，来自《诗经》中的河之洲，来自唐诗里的翠柳，多么悦耳，多么动听，多有诗情画意呀。这歌声是在对一方文明道德的歌唱，是在对和谐生活的礼赞！

小鸟天堂

我退休几年了，仍然住在学校，除了留恋校园那种浓郁的读书氛围外，还有那和着琅琅书声的声声鸟鸣。

每天清晨，我不管是躺在床上听着窗外的鸟鸣，还是漫步于校园林间听鸟叫，都是一种极其美好的享受。

“咕咕……”“啾啾……”“嘀哩嘀哩……”“叽叽喳喳……”那鸟鸣有的短促而嘹亮，有的轻快又清丽，有的悠长而深情，你呼我应，此起彼落。那一声声鸟鸣，在静静的校园里，就如山间叮咚作响的奔泉，那样清脆，那样悦耳，直叫人心房充满春日的阳光；就如学生在宽广的操场上吟咏着首首古诗，让人脑海一片空灵，生命洋溢着诗意；又如旷野传来的天籁清音，叫人如痴如醉，如梦如幻。特别是当你走到学校广场上那两棵如巨伞的榕树下，更让你浑身充满着生命的色彩。你看，数百成千的鸟儿或在树顶上嬉戏追逐，或在树间专心觅食，或在摇呀摇的枝头上跳跃起舞，或在粗枝上闭目养神，甚或飞到宽阔的广场上伸长脖子摆动长长的尾巴悠然地跳着慢三慢四的舞蹈。偶尔有人来了，只是往旁边跳几跳，并不飞走。每当这个时候，我总喜欢痴痴地欣赏着小鸟们灵活的体态：它们追逐着，跳跃着，挑逗着，依偎着，厮磨着，是那样天真、自由、和谐、快乐、奔放、多情。到了傍晚，这些大树上更是热闹了，无数外出觅食的鸟儿纷纷归巢，它们在树上的枝条间翻飞雀跃，叽叽喳喳，或呼朋引伴，或放声歌唱。偌大的校园，成了小鸟快乐的天堂。

处身于这小鸟的天堂，聆听着这如碎玉落银盘般的鸟鸣，我会时不时想起校园环境的变化，想起校园里小鸟们曾经的遭遇。

我们学校所处的位置曾经是一个小海岛，海水就在周边荡漾，那些海鸟和一些不知名的小鸟自然就在这小岛觅食栖息。特别是我们学校选址这里进行建设后，师生们就大规模种树绿化美化校园，这更为小鸟营造了一个良好的生存环境，引来了许多鸟儿到这里繁衍生息，离教室较远的树林里还不时传来斑鸠的啼鸣声。

可是好景不长，学校树多鸟也多了，就引来了一些人的注意，他们要来校园打鸟捕鸟。那时学校开办不久，没钱建围墙，谁都可以进出，什么地方也都可以进出。那些人就提着鸟枪来了，托着猎鹰来了，见鸟就打。鸟声变得凄厉，羽毛在林间飘舞，鸟血洒在地上，鸟儿视校园为禁地，纷纷飞往他乡别处。我们也曾经出来劝阻，苦口婆心的给他们讲保护小鸟的道理，但效果往往是对牛弹琴。那个时候，人们的环保意识是多么薄弱啊。

后来，学校建起了围墙，加强了管理，打鸟的人进不来了，再加上社会上保护环境、保护野生动物的宣传加强了，人们保护鸟类的意识也提高了，打鸟的人自然也少了。随着时间的推移，我们学校的树越种越多，树木越长越高大，这森林般的校园，又成了小鸟们的乐园。同时，学校里爱鸟护鸟的征文和演讲比赛经常进行。因此，校园里人和小鸟和谐相处，鸟儿也就越来越多，鸟声越来越动听，校园也就成了小鸟的天堂。

如今，我们的校园越来越美丽，鲜花四季飘香，鸟声婉转又悠扬。这园林式的校园，是鸟的天堂，是我们师生与鸟儿和谐共处的家园。

永远的爱情之歌

我家窗外是一片树林，那里是小生灵们的天堂。骄阳似火的盛夏时节，知了们又在那里开始了它们的歌唱。那声声蝉鸣，给人世间增添了一种有声的美好，引起了人们诸多的遐想。

是的，古往今来，不管是幽静平缓的独唱，还是恢宏雄壮的和鸣，蝉儿那声声“知了，知了”的鸣唱，曾引起过无数多愁善感的人的共鸣，多少骚人墨客为之写下了优美动人的诗篇。“一闻愁意结，再听乡心起。”是不是秋日里，“寒蝉凄切，对长亭晚，骤雨初歇”，惹得长年漂泊在外的大诗人白居易乡愁顿起，愁绪满心头？是不是也曾使同为唐朝大诗人的刘禹锡心生痛苦凄凉而低吟：“蝉声未发前，已自感流年。一入凄凉耳，如闻断续弦？”

听着那高亢嘹亮的蝉鸣声，唐代诗人虞世南却发出与上面两位诗人不同的感慨：“垂緌饮清露，流响出疏桐。居高声自远，非是藉秋风。”这成了自古以来许多人立身高洁，不欲凭借外力得到重用的言志名句。因为蝉以餐风饮露为生，所以，人们就把蝉视作高洁的象征，并咏之颂之。或借之寄托理想抱负，或以之喻自己坎坷不幸的身世。

但是，翻阅着众多的咏蝉诗词，我极少看到有对蝉鸣本性的歌颂与咏叹。昨夜看到友人一首《听蝉鸣而赋》，我又进入了另一境界。其诗云：

许是前生有旧盟，沉眠数载未忘卿。
莫嫌高唱声声噪，只为苦寻日日鸣。
树底何曾心止歇，枝头亦自意牵萦。
人人诉怨知音少，谁解长吟一世情。

作者注曰：雄蝉能鸣，为求佳偶，日鸣不止。聆而咏之。

我捧读之心为之动。此诗别出心裁，写出了蝉鸣的本意，表达了一个永恒的主题。

其实，会鸣的蝉是雄蝉，它的发音器就在腹部，像蒙上了一层鼓膜的大鼓，鼓膜受到振动而发出声音，使它成了“不知疲倦的歌手”。（法布尔语）雄蝉在地下黑暗中修炼了数年，一朝破土而出，爬上高枝，做的第一件事就是引吭高歌。一时树林里蝉声此起彼伏，一浪高过一浪，似乎整个小生灵的世界成了音乐的海洋。对此，我们可知道，蝉儿孜孜不倦地终日吟唱，是在追求伟大的爱情？它每天唱个不停，目的是为了引诱雌蝉来交配。雄蝉的叫声，在雌蝉听来，就是一首无限美妙的爱情曲，召唤着她前来谈情说爱，卿卿我我，山盟海誓，洞房花烛。可以说，蝉，就是昆虫界中伟大的爱情主义者，在它短暂的生命里，敢于高声去追求心中的爱情，它出土后日夜长吟的就是一支高亢的永远的爱情之歌。它每一声吟唱，都充满着对爱情的炽热的追求与渴望。

爱情，这个美好的字眼，这种圣洁的感情，千百年来成了文学作品中一个永恒的主题，写之不完，颂之不尽。这其中，有笑的，也有哭的；有欢天喜地天从人愿的，也有悲悲戚戚棒打鸳鸯的，演绎了多少悲欢离合的动人故事，催落了人们多少感动的泪水。那一声声“知了，知了”的长鸣，我们曾在诗经汉赋中听过，在唐诗宋词中听过，在元代的舞台上看过，在明清的小说中读过。

“知了，知了”的长鸣，我们的祖父辈听过，我们听过，我们的后人也会听到。我们曾在绿草如茵的放牛坡上听过，在月下的草席上听过，在学校的故事会上听过。我似乎在“知了，知了”的声中，听到了十八里相送的幽幽絮语，听到了牛郎织女天仙配的绵绵情话，听到了许仙和白娘子的声声山盟海誓，更听到了孟姜女带着寒衣哭倒长城的那一声惊天动地的轰响。这声声甜蜜的、凄凉的、惊天地泣鬼神的爱情话语，我们似乎都可在“知了，知了”声中听出。所有这些，也都会随着蝉鸣声永远流传下去。

蝉是高洁的象征。我以为这高洁既包含着餐风饮露的洁身自好，也包含了对“知了，知了”纯洁爱情的追求与歌唱。君不见，一双双情侣，佩戴着雕有鸣蝉的玉坠，花前月下，手牵着手，相偎相依，显得多么幸福。因为蝉，本就有爱情的寓意。蝉，和“缠”谐音，缠缠绵绵的，情侣佩戴之，则寓意爱情心心相印，天长地久，何其美好！

夏天是个热情的季节，那美好的爱情必来得格外热烈。小林子里的蝉声似乎越来越响，就让普天下的蝉鸣来得更热烈些吧。

又见雷公狗

昨天，天气闷热，是下雨的征兆。我匆匆赶回家，却意外地发现在宿舍楼大门旁边的一棵树干上，趴着一只雷公狗，头一点一点的，就像小鸡在啄米。

我停下了匆匆的脚步，注视着这条个子不算大的久违了的“老朋友”，心中满是惊喜。可能是发现我在旁边吧，一会儿，雷公狗停止了有节奏的点头，几秒钟之后，就迅速地爬上树枝，消失在浓浓的树冠里。我的心有点怅然若失，也有点内疚。

雷公狗学名叫变色树蜥，是一种爬行动物，四只脚，一条长尾巴，有的脖子间有一块黑斑，头有时候会变红，样子有点像四脚蛇，只是四脚蛇身体是光滑的，而雷公狗的身体却呈鳞状，并不光滑。听老人说，被它咬了，要雷公响了它才肯松口。但我曾被它咬过，一甩就把它甩掉了，所以我们并不怕它。

夏天，特别是闷热的时候，它就会趴在树干上乘凉。一动也不动，偶尔头会点呀点的。这时候是抓它的好机会，读小学时，我就经常抓它玩。我们村子和学校之间隔着两个村，中午上学，我们没有从公路直接回学校，而是借道从这两个村子走，为的是抓雷公狗。那时候，雷公狗真多呀，几乎每棵树树干上都有。我们在一根长长的小竹竿的一头绑上一段小绳子，将小绳子一头打上一个活结，这就成了捕捉雷公狗的工具。见到雷公狗了，我们就将一头打有活结的竹竿向雷公狗伸去，慢慢地将绳圈往雷公狗的头上套，然后突然用力一拉，就把雷公狗吊住了。这个过程要细心，要有耐心，急不得，吵不得，否则，雷公狗发现了，就跑了。毕竟，人是最高等动物，小小笨笨的雷公狗哪斗得过人类？在它忘乎所以地乘凉的时候，轻易地就成了我们的猎物。我们用麻绳把它绑住，当出了村子的时候，手上的麻绳已绑着一串的雷公狗。抓雷公狗并没有什么目的，纯粹是为着玩，就和现在的小朋友们玩玩具、玩手机一样。中午抓雷公狗的时候，“赤日炎炎似火烧”，非常闷热，但我们玩得那么专注，那么投入，那么有兴趣，完全忘记了太阳，忘记了炎热，也忘记了时间，迟到是经常的，挨老师批评也就是自然的事情了。抓了雷公狗，有些人会拿回去剥了皮烤来吃，有时候玩完了就扔掉，有时候会以五分钱一串的价格卖给别人，听说用雷公狗泡酒喝很补身体。那时候，抓雷公狗成了我们童年的乐趣，至今还记忆犹新。

进城上了初中，我终于告别了这种游戏，耸立着高楼大厦的城市里，雷公狗也成了像大熊猫一样的稀有动物。社会发展了，人们生活好了，为了建房子，村子里的树木被砍掉了，雷公狗和小鸟一样，没有了栖身之所，因此也没了踪影。小孩子不识雷公狗，错把它当大壁虎，我听了心里难免有些悲哀。小时候，吃不饱，穿不暖，但我们有着现在小朋友没有的乐趣啊。

所以昨天，当再见到雷公狗的时候，我就像见到离别多年的老朋友，心中满是惊喜。我们在校园里种了那么多树，虽然还引不来金凤凰，却唤回了雷公狗这老朋友，怎不令人高兴呢。而雷公狗发现了我，却仓皇逃去，我难免有点悲哀。是的，小时候少不更事，做了许多对不起雷公狗的事，今后我再也不抓雷公狗了，让人类和动物和谐相处。

归来吧，雷公狗！

鸡犬桑麻

春节前后这段时间，在外工作的我也经常要往老家跑了，搞搞清洁，处理一些俗务。

走过广阔的田野，走进熟悉而又陌生的村子，我感受到了淡淡的青烟弥漫在村子里。和乡亲打个招呼，和兄弟话话家常，“鸡犬桑麻”的话题就自然被提起来。此时此地，让我嗅到了春的味儿，才真正感到春天来了。啊，乡村的人，最早迎来春天。

当山寒水瘦的时候，城里人还被裹在羽绒服里。而在乡村，立春一到，东风一吹，干涸的土地便朗润起来。人们似乎还未感觉到，绒绒的草芽已无声无息地遍野冒了出来，嫩嫩的，淡淡的。踩着春泥，人们知道，春天已经来了。当春节的爆竹声还在断断续续地响，年味儿还在风中发酵，农事已在春雾袅袅中酝酿着。

小时候，我也能早早感受到农事的来临。记得我家门楼前是一间小茅屋，住着一位单身叔叔，他的家以及门前的空地，便成了村民们的“大话馆”。年初一这一天，忙了一年的人们自己给自己放假，什么农活也不干，喝过甜甜的糖水后，便不约而同地来到这里。晒晒太阳，抽抽水烟筒，没人定主题，人们便天南海北地闲聊起来。但人们聊着聊着，不一会儿就自然而然地聊到桑麻的事儿。哪里该种什么，什么时候点豆，什么时候播种插秧，无所不谈。不是开会，却胜似开会，大家各抒己见，句句扣题。生产队长也就在和大家的闲聊中，集思广益，一春的农事安排也就成竹在胸了。

初二、初三，当人们还在探亲拜年的时候，生产队的老保管员便打开仓库，砸开装有花生种的大油缸的封口泥巴，把花生种分派给各家各户掰出花生仁。我们领到花生后，一家大小就围在一起掰花生。大人用拇指和食指一捏，花生壳就被掰开了。我们小孩力气小，还要另一只手帮忙才能把花生壳掰开。一家人一边掰花生一边“话桑麻”，一年的农事也就在“噼啪噼啪”的掰花生声中拉开了序幕。一粒粒地掰花生很费时间，人们白天掰，晚上点上煤油灯继续掰，手指都被掰得有点疼了。簸箕里的淡红色的花生仁渐渐多了，带壳的花生渐渐没有了，然后我们又认真地把那些不饱满的小花生仁一粒粒地挑出来，最后把可做种子的花生仁交回生产队，留下的花生壳成了人们煮饭的柴火，不能做种子的花生仁就成了我们的劳动报酬，成了做“正穷粍”馅的好材料。

我们称花生作花豆，一年真正的农事可以说是从“点花豆”——种花生开始的。年前人们早早就把要种花生的坡地犁耙好，开春就可以种了。年夜饭没过几天，春种就开始了。人们把土杂肥均匀地撒在地面上以后，男人们便吆喝着牛儿把经犁耙整理好的坡地犁开一道道沟儿，男女老少就三人一组跟在后面，弯着腰，一粒粒地把花生仁“点”在小沟里，同时，手脚并用，一边“点”，一边分别用双脚把泥土拨到沟里，把花生仁掩埋，踩实。全部“点”完了一块地的花生，最后一道工序，就是用耙把地面搞平。农民很聪明，为避免把花生仁耙出来，就在耙齿上夹上一些篾条，既控制耙齿入土的深度，又利用篾条把土刮平，然后就静待花生出芽生长了。这些被耙平的新泥土，散发出淡淡的芳香，它藏着人们的希望啊，春种一粒豆，夏收万颗子。

点下了豆，也就种下了希望。“点花豆”把春的味道“点”醇了。

当一行行的花生小苗苗由嫩黄变成淡绿，当一只只春燕在明镜般的水田上空掠过，老农就把一筐筐的谷种，泡在水塘里，过了一段时间就抬上来。泡过水的种子，渐渐长出了雪白的芽芽，接着人们就把它们撒在肥沃的秧地里，让它们密密麻麻地长起来。

春分前后，草越长越绿，田野里人越来越多，牛儿叫得更欢了，天地间时不时还来个斜风细雨，农事由此进入了高潮。清明前，一块块水田一面面镜，一顶顶斗笠镜中立，亮亮的水渐渐的绿起来。开始是淡淡的，疏疏的，渐渐的密了、翠了，涌起了绿浪。清明到了，太阳的脸彻底地干净了，天地间变得一片清明，田野里满眼是绿，此时才可谓春满人间，希望也充满人间，人们的心情变得愉悦起来。

“绿树村边合，青山郭外斜。开轩面场圃，把酒话桑麻。”一千多年前的诗句，还非常合今天之景。春游何处是？乡村有佳景。到乡野去吧，踏踏春泥，沐沐春风，我们也就成了春天的人。

莺歌番薯今安在

最近，我们一行数人结伴前往南三麻弄村探访友人。主人拿出番薯款待我们，并送我一大袋番薯，我很高兴。席间，我们就着番薯的话题聊开了。

我问，麻弄村还种莺歌番薯吗？友人答：早就不种了。听者嘘唏，诸人不胜感慨。

说起莺歌番薯，年轻人可能不知是何物。五六十岁的人，特别是在农村出生的，对莺歌番薯一定有着美好的记忆，可惜，现在只能回味，可能永远也吃不上了。

莺歌番薯椭圆形状，比马铃薯稍长一些。皮呈浅黄色。煮熟了，剥了皮，掰开，只见表层颜色较浅，中间呈黄色，就像鸡蛋蛋清包着一个蛋黄，不过颜色的差异没有那么明显，界线没有那么分明。

莺歌番薯最令人回味的就是好吃，口感特好。其肉质细腻，很少甚至没有纤维，吃起来香里带甜，粉而不腻，食而不厌，入喉留香，令人久久回味。

小时候，我们常说“莺歌番薯香，毋使物餸”。吴川话的“毋使”就是不用、不要。“物餸”就是菜餸、菜肴。

这句话的意思就是说莺歌番薯很香、很好吃，不用菜餸伴食也能吃得饱。可见莺歌番薯绝对是番薯中的珍品。我最后一次吃到莺歌番薯，是20世纪70年代的时候了，因为太好吃，所以至今还念念不忘。时不时说起它，也引起同龄人的共鸣，大家都异口同声的称赞莺歌番薯真好吃，不禁会问：莺歌番薯今安在？

是的，番薯中的珍品莺歌番薯这个品种还存在吗？如果存在的话，它又在哪里？

莺歌番薯香，很受欢迎，那为什么近乎绝迹了呢？产量低就是主要的原因。

和其他品种比较，莺歌番薯的果实并不少，一棵也有三几个，但个子太小，几个合起来，都不够别的品种一个的重量。南三岛麻弄垌、田头垌水土肥美，很适合番薯生长，那两个村过去不少人种植莺歌番薯。我小时候，家在田头村的舅母有时来看望我们，就是挑着莺歌番薯当礼品来的。但是，在那老百姓温饱问题还未解决的年代，农业生产追求的是高产量，解决肚子问题是头等大事，于是，那些产量高的番薯品种不断被引进来。而好吃却产量低的莺歌番薯便渐渐被淘汰，甚至“断子绝孙”，连麻弄垌、田头垌这些过去不少种莺歌番薯的地方，也不见了莺歌番薯的种苗了。

莺歌番薯是何时被引进粤西地区？又是何时被淘汰掉？我不得而知，人们也无法确定。也许，在粤西，莺歌番薯还未绝种。如果它还存在，那在何处？

在自然界，弱肉强食，优胜劣汰，适者生存。在几十年前，科学还没那么发达，质优的莺歌番薯在产量方面和其他品种的番薯差距还没那么大，所以还有一点生存的空间。随着科学的发展，不少新的品种被研发出来，从而解决了人们的温饱问题，莺歌番薯产量低的劣势就凸现出来，它被淘汰也就顺理成章了。然而，在解决了温饱问题的今天，番薯已不是人们的主粮，我们能否改变一下思考问题的角度，像保护濒临绝种的珍稀动物一样，保护莺歌番薯这个物种，像种植水果那样发展莺歌番薯的生产，将莺歌番薯从粮食作物的归类划入经济作物的范畴，以满足人们“吃无聊”、吃优质食物的需求？如果这个不是天方夜谭而成为现实的话，我想，收成了的莺歌番薯，将会像包装金九月饼一样被精心地包装起来，源源不断地被运往各大城市，摆上超市商场，成为食用和送礼的佳品，种植者也会因此而大获其利。

我的想法可能真的是天方夜谭，不过我真的非常怀念那又甜又香的莺歌番薯。

新禾米饭

秋末冬初，家里的米桶快空了，我和妻子到市场买米。

市场门口旁边，有一农民在嚷道："卖米呀，新禾米！"我一听到"新禾米"三字，就条件反射似的拉着妻子去买。回来后，就迫不及待地叫妻子快煮新禾米饭。高压锅正在静悄悄地煮着饭，我心中却滚涌起诸多关于新禾米饭的回忆。

小时候，大多数人的温饱问题还未解决，特别难挨的是二、八月青黄不接的时候。那时候，干饭是绝对没得吃的，连稀饭也罕见，一日三餐吃的都是干粮——番薯干、木薯干和小米（鸭脚粟），下饭的是咸萝卜，吃得都腻了。望着年纪小小的我艰难地吃着那些干粮饭，母亲总会说："快点吃吧，等收割了，我给你煮新禾米饭吃。"虽然禾苗儿还未长高，但听了母亲这话儿，心中就升起一股希望，新禾米饭似乎已香喷喷地盛在碗里。所谓"新禾米饭"，就是用刚收成碾出来的大米煮的饭。这种新米煮的饭确实比陈米煮的饭好吃，更何况我已很长时间未尝过大米饭。怀着吃新禾米饭这希望，我安然地吃了一天又一天的干粮，度过了一个又一个艰难的日子。

我们村子水田少，旱地多，有一种稻种叫“红谷儿”，耐旱，生命力强，很适合在旱地里种植。每年农历六月份，农民就犁耙好这些旱地，把红谷儿均匀地撒播在土地里。红谷儿种子撒在田地里，连同我的希望也一起撒进去了，和红谷儿一起发芽成长。因为，红谷儿虽然产量低，每亩只有两百斤不到，也由于稻秆达一米多高易倒伏，但它长得快，生长周期短，八月底九月初就成熟了，很能救青黄不接之急。

种子播下没多久，禾苗儿就静悄悄地长出来了，先是星星点点，慢慢地，在微风吹拂下，会点头了，接着会招手了，不经意间，把整块土地都覆盖了，给田地铺上了一块绿地毯。每天上学放学，我从田边经过，看着绿浪荡漾，就觉得吃新禾米饭的希望越来越近了，日子也越来越有奔头了。红谷儿扬花了，抽穗了，看在眼里，我的希望也越来越大，连上学的脚步也变得轻快了。稻穗慢慢地低下了头，稻子渐渐地把绿色的衣裳换成了黄色的袈裟。看着渐渐成熟的稻谷，我似乎闻到了新禾米饭的香味，生活也充满了阳光。

南方的太阳还让人汗流浃背，在北方生活的大雁还未回来，在我肚子越来越饿的时候，红谷儿终于成熟了。开镰了，大人们都在稻田和晒场上忙碌着，我们这些小学生也在课余时间到已收割的稻田里去，把丢落在田间的稻穗像捡金子似的一串串捡回来交给生产队。社员们打谷（脱粒），晒谷，不用入仓就在晒场分谷。领到了数量不多的稻谷，母亲就拿到碓地舂，年纪小小的我，也去帮母亲踩碓。经过筛簸，去壳，红红的大米出来了！那一粒粒红米哟，在我的眼中，似乎像一粒粒的珍珠发出诱人的光泽，可爱极了，因为，久久萌生于心中的希望已在眼前。

母亲的满头汗水，换成了一锅香喷喷的新禾米饭。一家人围着用一块木板放在一个大瓦盆上而成的“桌子”，顾不得饭锅的温度有多高，舀起饭就着蟛蜞汁就吃。那新禾米饭真香啊！在我的记忆里，那是一年里最香的一碗饭。虽然没有鱼肉菜蔬，但长期填干粮的肚子，填下了这一碗饭，感觉真是不同，这新禾米饭呀，比山珍海味还好吃。那盼了几个月的新禾米饭呀，吃着它，就是在收获母亲给我的希望。

吃过了新禾米饭，我们虽然还要吃干粮，但是，旱地里的番薯也要熟了，水田里的稻子也开始变黄了，一切都充满着希望。

感谢新禾米饭，它不但填饱了我的肚子，更给我带来生活的希望。有希望真好。正因为我们抱有希望，才乐观地克服了生活中种种的困难，踏踏实实地跨过了前进道路上的坎坎坷坷，从而走到了丰衣足食的今天。

“开饭了！”妻子的喊声，打断了我的思绪，一碗散发着清香的新禾米饭摆上了饭桌，我急忙端起饭碗，“狼吞虎咽”起来。我要重温当年吃新禾米饭的情景，更要给我满满的希望里增添新的希望，满怀信心地走向充满希望的明天。

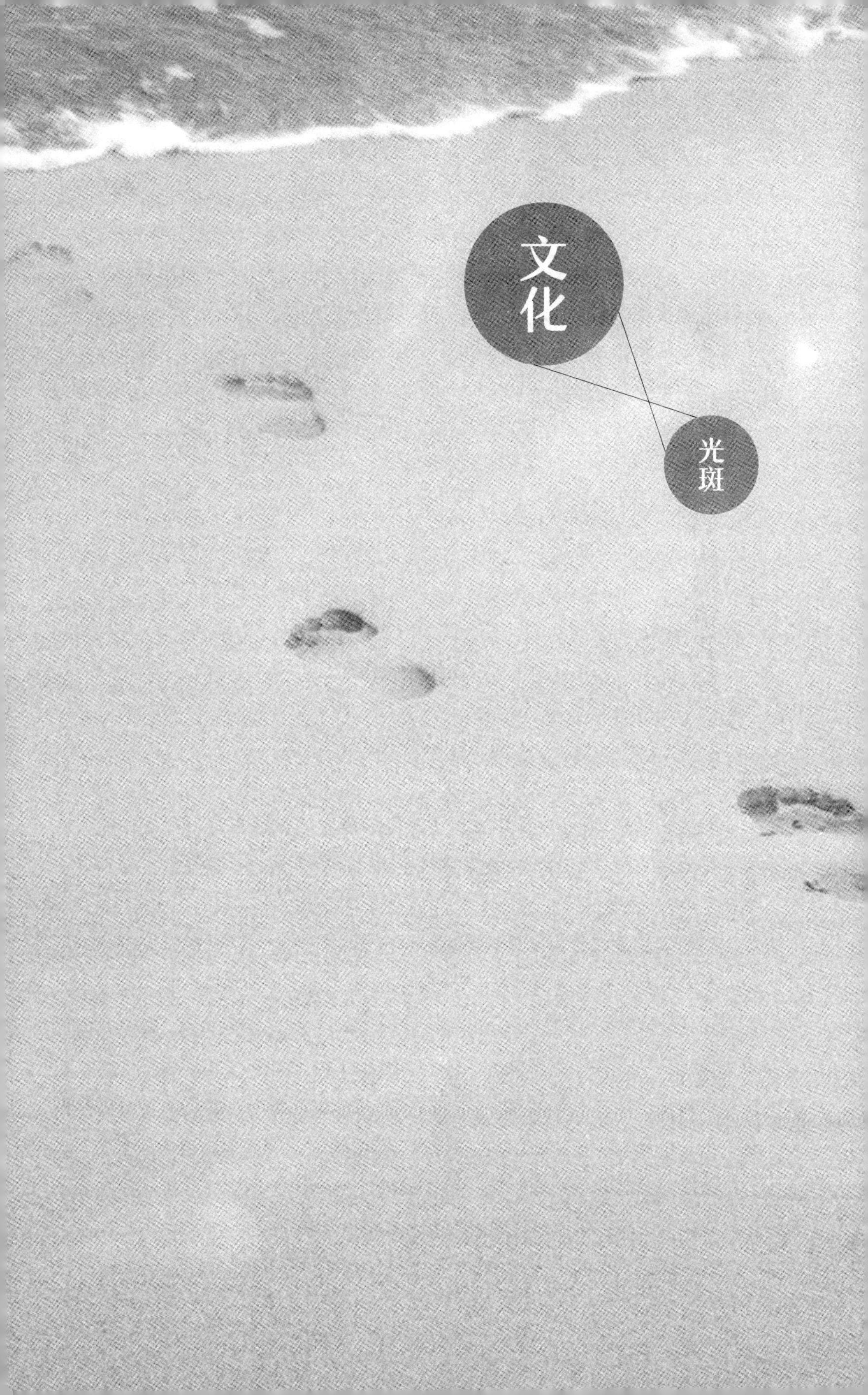
文化
光斑

姑妈的俗语新释

我的姑妈在她93岁那年去世了，她的音容笑貌还不时呈现在我的脑海里。姑妈是我最尊敬的人，她生前对一句俗语的新解释，给我留下深刻的印象，至今还记忆犹新。

姑妈生前曾对我说："过去说'鸡没毛，火没炭'，是形容人很穷很凄凉，凄凉得像个没毛的鸡，穷得没得吃，生不了火，炉灶里也就见不到火炭。而现在生活真的是'鸡没毛，火没炭'了。你看，现在不用养鸡，想吃鸡肉，就到市场上随便买，买了就叫人宰了，处理干净才拿回来煮，哪里见到有毛的鸡？再说，现在煮饭炒菜，家家户户用的是煤气和电，哪里见过火炭？现在生活真好呀！"说完就哈哈大笑起来，饱经沧桑的老脸上满是得意的笑容。

姑妈对"鸡没毛，火没炭"这一俗语的新解释令我耳目一新，我在惊叹这一目不识丁的姑妈的睿智的同时，也勾起我很多的回忆。

青少年时代，我三天两头地往姑妈家跑，没少端姑妈家的饭碗。那时候姑妈还年轻，但已是满脸沧桑。每天忙完生产队的活，就要为全家的一日三餐操心。每次去姑妈家，经常见到她背起柴箩、拿起柴扒去山坡扒落叶回来做柴火。有时候，我也和表哥、表妹拿着一根削尖了的竹片到村中的大树下找落叶，一块块的穿起来拿回来做柴火。煮饭的时候，姑妈就坐在炉灶前不停地往灶里塞落叶，厨房里烟气滚滚，姑妈双眼被熏得通红，脸上汗水潺潺。柴火不好，做一顿饭就是受一次罪。我们这里没山没林，群众煮饭的柴火就成了一个很大的问题。每年收割完稻子，生产队就把稻秆分给农民做柴火。社员把稻秆搬回家了，我们这些小孩还用柴扒到田里把散落的稻秆一根根的扒回来，拿回家做柴火。收获完花生，花生苗也成了烧火煮饭的好燃料。每天读书回来，到树林里、荆棘丛中扒落叶，就成了必修的“家庭作业”。那时，为了一日三顿煮饭的柴火问题，家家都伤透了脑筋。

那时候，柴火欠缺，粮食更是个天大的问题。一张小口，一日三顿天天都要吃，山也容易吃空呀。生产力低下，收获的粮食不多，青黄不接的月份，填饱肚子都不容易，更别说能吃上好菜好餸了。那时吃鸡肉，更是一种奢望，逢年过节才偶尔能杀上一只鸡，小孩子能吃上一个鸡腿，就是最高级的享受了。有时候到姑妈家，碰上姑妈杀鸡，鸡煮熟切好了，姑妈就拿碗盛着鸡肉，这家分两块，那家分两块，珍贵得很。至于她有没有尝到鸡肉，那就不得而知了。

这些缺粮缺柴火，难得吃到一块鸡肉的经历，应该给姑妈留下了难以忘怀的记忆。

扒柴烧落叶的姑妈渐渐老了，好在碰上了改革开放的好时代。她不愁吃，不愁穿，鸡肉更是餐桌上常见的菜肴，再也用不着拿鸡肉分人了。她虽然不懂得国家那些 GDP 什么的，但却切身感受到生活好起来了。对于她来说，更神奇的是，煮饭炒菜竟然不用烧柴，拧一拧开关，“啪”的一声，火苗就窜出来了，炭也见不着。更神的是用电煮饭，连火苗也不见踪影。说到要吃鸡肉，直接到市场上买，叫人弄好回来煮就行，难怪她乐呵呵地用上了“鸡没毛，火没炭”这一俗语，并做了新的解释。姑妈还挺幽默的。

姑妈对俗语“鸡没毛、火没炭”的新解释，这是一位目不识丁的最普通的农村老太太，对改革开放后过上幸福生活的真实感受，它抵得上一篇洋洋洒洒的鸿篇大论。言者无心，听者有意。我从姑妈的新释中，听出了祖国的巨大变化，听出了老百姓的切身感受，更听出了对党领导的伟大事业的自豪。

秀叔和他的铃声

我初中毕业一年后，进入家乡的中学读高中。

作为农村中学，那时作息的信号，就是手摇的铃声和敲打一块钢板的声音。听了两年的手摇铃声，觉得它内容丰富，印象深刻，至今不忘。

司钟司铃的是秀叔。秀叔雅号为甚，我至今不知。只知道秀叔是当时学校饭堂唯一一位正式职工，他主要任务是做厨工，摇铃打钟是他的副业。他40来岁，个子不高，也不英俊，整天笑笑的。不知怎的，老师和学生，不管年龄多大，大家都叫他秀叔。学生中还流传着一句口头禅："秀叔讲的。"说什么话都要在前面加上这一句，究竟是不是秀叔讲的，没人探究。

当年学校饭堂是炊饭不是煮饭，就是师生将粮食放在一个几米长的大木框里蒸。里面蒸的大多数也不是饭，而是番薯、番薯干等杂粮。为了让饥肠辘辘的师生及时吃上饭，每天中午和下午放学前，秀叔都光着膀子在蒸汽腾腾的蒸柜旁提拿出师生的饭盒、饭盅和装番薯的网兜，累得、热得满身大汗，那情景就像现在的桑拿浴。

秀叔是个厨工，他的任务应该是烧火蒸饭。但他常常“杀”过了界。每节课他从厨房开始摇铃，就一只手摇铃，另一只手提着两壶开水，敲完钟，就往教师家送开水。摇铃的路上，看见有学生还不回教室，他就叫：“‘马骝’呀，快回课室准备上课咯！”秀叔的话比老师的还管用，听到秀叔叫，大家撒腿就往教室跑。我也得到过秀叔的关照。有一次我因事做饭迟了，急匆匆跑向厨房，正碰上准备摇铃的秀叔。他说，“晓晖，把饭盒放窗台，我帮你做，快上课去！”怎么连一个普通学生的名字也能叫出？我把还未洗米还未放水的饭盒一放，就往教室跑，心中充满着惊奇和感激。

每天清晨六点钟，秀叔就开始履行他司钟司铃的职责。铃声是预备的信号，钟声是起床、上课、睡觉的信号。早晨钟声一响，哪怕是进驻学校的工人宣传队队员也得起床出操。我们学校的饭堂处在西面的岭脚下，每天各个时段，秀叔都从饭堂开始摇铃，一直摇到学校办公室前面挂钟处敲钟。秀叔摇铃那个水平实在是高，一是准时，从饭堂摇上来，摇到挂钟处，刚好到敲钟时间，分秒不差；二是动听，“铃铃铃——铃铃铃——铃铃铃——”清脆悦耳，极有节奏感，就像空谷中的莺鸣，又像寂静山溪中的淙淙水流。听到秀叔的铃声，我们就会觉得是一种享受，享受到初中毕业后失掉了的学习生活，享受到了追求知识的乐趣。那时候，学校的教学秩序还不正常，我们要学工、学农、学军、兼学别样。我们年级办过砖厂，到远离学校 20 里的林场扒柴拉柴，到遥远的东海岸开辟过矿场，一去就是一个星期，还要搞很多政治活动，在教室读书的时间不多，所以我们非常珍惜读书的机会。铃声就代表着学习的机会，每当听到秀叔的铃声，我们就会愉快地走进教室，等候老师前来上课，虽然那时的教材很浅，我们还是渴望着知识的滋润。所以，我们盼望着铃声，秀叔的铃声也就给我留下深刻的印象。

两年的时光似乎一眨眼就过去了，在一个火热的日子，我们毕业离开了学校，再也享受不了秀叔的铃声，求知之路也似乎走到了尽头。

八年之后，我又回到了母校，角色变成了老师，我为又能听到秀叔那悦耳的铃声而高兴。可是，到学校后，第一次听到的铃声却不悦耳，一问才知道，秀叔已于两年前病逝了，我怅然若失，悲伤不已。我再也见不到那整天笑眯眯的脸，再也听不到那令人难以忘怀的铃声了。

悲伤的不仅仅是我，还有认识秀叔的老师和同学。下面我就敬录我恩师的一首诗，以作本文的结束语，也表达对秀叔无尽的哀思：

悼念秀叔

惊闻秀叔已长辞，阑夜缅怀泪湿衣。
热爱师生勤不倦，忠诚党业恳无私。
丹心永灿南中[(1)]月，血汗常辉井畔厨。
工作平凡而伟大，同仁彼岸[(2)]寄哀思。

注：（1）“南中”，是南三中学的简称。（2）“彼岸”，其时，我的恩师已调往市区工作。彼岸，指南三岛的对岸。

一位老人的极浦亭情怀

立夏刚过，金色的阳光照耀着绿树红花。坡头区作家协会组织会员到吴川采风，第一站是吴川的“极浦亭”，以观赏吴川八景之一的“极浦渔归”。

吴川的文友接待了我们，并领着我们参观极浦亭。其中有一位老先生，白发苍苍，身体微胖，一脸慈祥，衣着举止斯文，格外引人注目。他边走边介绍，不时还发出爽朗的笑声。

我们在极浦亭前的极浦公园里流连。欣赏着池塘里的九曲桥，漫步在名贵花木围就的林荫道，品赏着唱晚亭的佳联，在“渔舟唱晚”亭体味着“渔歌千载有余音”的韵味，在远眺亭“近观绿水绕幽亭”，在载酒亭想象着“状元丞相旧题诗”的情景，再在长长的极浦诗廊前诵读诗篇，欣赏书法。最后进入了极浦亭。

极浦亭位于吴阳镇中街村，始建于南宋淳祐年间，为解元李凌云隐居讲学之所。南宋末年丞相陈宜中和粤西唯一的状元林召棠等历代名人墨客均有墨迹留于此。说极浦亭是亭，其实是一座庞大的三进祠堂式建筑，雕梁画栋，古色古香。

我们进入室内就座后，吴川文联龙主席就先给我们介绍领我们游览的老先生。原来这位长者是退休干部、吴阳诗社社长李沛谋先生，每有游人至此，他都欣然义务做导游。介绍完，就请李老先生给我们讲话。

李沛谋老人说，他 1950 年参加工作，任吴川公安局审判股股长。1953 年被错误开除，直到 55 岁才落实政策复职。1989 年李老先生从吴阳镇政府退休。

李老先生退休回村居住后，看到“极浦渔归”这一著名景点，经沧桑岁月的风尘洗礼，早已不复当年的风采而变得异常寥落，心里很不是滋味。他说，毛主席早就教导我们要为人民服务。过去我没有条件为人民服务，现在有条件了，就要好好地为人民做些有益的事情。从那时起，他就抱着这一宗旨，把心血落实在复活“极浦渔归”的工作中。

他牵头成立了“极浦亭修葺委员会”，倡议李氏宗亲捐款，并不辞劳苦亲自到各地去筹集捐款。有一次，他到化州找李氏宗亲筹款，每户收一块钱。他一家一家地走，一块钱一块钱地收，很辛苦，最后走了 300 多户，收到了 300 多元钱。见到他这么辛苦，旁人就劝他，说你都退休了，享享清福就行了。他说，能为人民做些有益的事情，就是享福。经他风里来雨里去的艰苦努力，共收到捐款 19.8 万元。他就马上着手对极浦亭进行修缮，同时主持在极浦亭前开塘，建“极浦公园”。

他除了亲力亲为全身心地投入到这项“为人民服务”的工作中外，还积极动员儿子李光煜捐资支持复活“极浦渔归”的工作，为家乡的文明建设做贡献。他儿子先是在 2009 年投资几百万元开挖了一条河道，后来为了解决极浦亭与外界的联系和群众出行难的问题，又在 2011 年投资 600 多万元征下地皮并铺设了从极浦亭到国道 325 线的硬底化水泥路。投资 200 多万元投入“极浦渔归”景点的建设。从而保证了极浦亭的修缮和极浦公园建设的顺利进行。

作为诗人的李老先生，他说，从退休为修缮极浦亭四处奔走开始，他就筹备在极浦公园建一道“极浦诗廊”，为公园增添一个文化景点。为此，他长期坚持收集古今名家吟诵“极浦渔归”的诗作，并出钱用石头刻好。经 20 多年的努力，已凿刻好诗碑 80 多块。为加快进度，他又叫儿子李光煜掏钱，完成所有诗碑的雕刻，共得诗碑 105 块。在儿子的大力支持下，“极浦诗廊”已经建成，完成了他几十年的心愿。说到这里，老先生得意地笑了。这一次，我们就有机会既欣赏了优秀的诗词佳作，也领略了书法名家的艺术风采，真不虚此行。

介绍完了，李沛谋老人自豪地说，他今年 88 岁了，要继续为家乡建设做贡献。这就是一位老人的极浦亭情怀！李老说完，我们给他一阵热烈的掌声。

难忘1965年国庆节

10月1日，是中华人民共和国国庆节，是我们中国人最重要的节日之一。特别是1965年的国庆节，给我留下的印象更是深刻，尽管已经过去半个世纪了，至今还记忆犹新。

湛江市政府每年都在霞山体育场举行隆重的国庆集会。20世纪60年代初，度过了三年自然灾害之后，各地都呈现出欣欣向荣的景象，1964年更成功爆炸了我国第一颗原子弹，全国人民欢欣鼓舞，精神焕发，以更大的热情投身社会主义建设。在这种形势下，1965年的国庆节集会必定更隆重。当时，增加了一项中小学生扛枪参加游行的内容。小学生由市一小作代表，挎的是冲锋枪；中学生由市二中的初二级作代表，扛的是五六式步枪。当时我正在市二中读初二，非常幸运地成为代表队的一员。那是一个战争离去还不远的年代，是一个崇拜英雄特别是战斗英雄的年代。真枪真弹对我们这些中学生来说，有着无比强大的吸引力，不用动员，我们都非常愿意参加训练。

当时市二中的初中部就在运动场后面，即现在的市教师进修学校。当时霞山运动场要比现在的宽阔得多，围墙和跑道之间种满了高大的木麻黄树。国庆节前的一两个月，每天下午上完一两节课后，我们就到运动场的树荫下训练，训练由解放军同志执教。我们拿着真枪训练，学校和解放军同志也没有对我们提出很多的要求，只是叫我们任何时候也不能拿枪对着别人。我们对手中的枪真是爱不释手，经常擦拭着它。我记得训练是从持枪、托枪开始的。我们每天不厌其烦地按持枪、托枪的几个步骤反复地训练着，动作做到统一、有力、有节奏。当基本掌握了持枪、托枪的动作要领之后，就开始进行托枪的队列操练。看齐，立定，齐步走，正步走，向左向右转走，向后转走，我们扛着上了刺刀的步枪，挺着胸膛，一个动作一个动作地认真操练着，汗水湿透了衣裳，“一——二——三——四——”，“提高警惕，保卫祖国！”的响亮口号，回响在运动场的上空，那种“沙场秋点兵”的场面，真是一道亮丽的风景。我们没有谁喊苦喊累，那些“不爱红装爱武装”的女同学也不让须眉，咬着牙坚持下来。同学们的纪律性都非常强，都以一个“兵”的标准要求自己。大家训练得很自觉，休息的时候，同学们还在互相纠正着动作。随着时间一天天过去，我们的动作越来越熟练，我们的队伍越来越整齐，我们热切地盼望国庆节那一天早点到来。

国庆节那天上午，各单位的干部职工、各学校的师生和市民，一早就排着队，举着红旗，拉着横额，向运动场涌来。会场内人山人海，高音喇叭播放着革命歌曲，无数面红旗迎风招展，尽显那个时代群众火一般的热情。

庆祝大会议程进行完毕，就是例行的群众游行。我们这些“全副武装”的中小学生理所当然地走在游行队伍的前面。我们首先操正步走过主席台接受领导的检阅，引来了领导们热烈的掌声。然后齐步走出了运动场，从民治路直下，穿过了逸仙路，从洪屋街转往港务局，然后转往机械厂，沿工农路到市府大楼即现在的市人大大楼，再往广医附院方向走去，越过文明中路后转回运动场。一路上，街道两边挤满了围观的群众，我们这支扛着枪的学生队伍，成了当天的明星。刺刀在阳光下闪亮，我们雄赳赳气昂昂，动作整齐地行进在大街上。有的家长早早就守候在我们必经的街道旁，不少群众向我们欢呼喝彩竖起了大拇指，有的人让小孩骑在肩膀上向我们欢呼，一些小朋友还一路跟着我们的队伍跑。小小年纪的我们，心中充满着自豪感。当我们回到运动场时，还有队伍在运动场内等待出场参加游行呢。当我们放下枪时，累得托枪的右手都伸不直了，但是谁的心里都是美滋滋的。

为了参加国庆游行而进行的两个月训练，给我们留下了深刻的印象，也使我们终身受益，因为那严格的训练，培养了我们严明的纪律性和团结协作的团队精神。

山水钟灵秀，诗书久有香

岁末，坡头区文联、坡头区作家协会和粤西钟氏文化经济促进会等几个单位组织作家、诗人和摄影家到坡头镇九有村采风。我有幸被邀参加，很高兴，因为我早有一访九有村的心愿。

说起访问九有村的心愿，得从十多年前说起。

那时，我有一位学生叫钟永红，就是来自九有村的。他长相斯文略显腼腆，为人忠厚而话不多，脸上常挂着笑容，写得一手比我好的钢笔字，并是我所任语文课的科代表。高考时考上了热门学校深圳大学，所以给我留下深刻的印象。又听说他的哥哥钟建雄更是了得，是出自著名学府华南理工大学的博士。一条普通的乡村，一户贫寒的农家，何能出此高才？对此，作为教师的我，很感兴趣，也很想探个究竟。现在，机会来了，我和众作家一早便冒着严寒结伴往九有村奔去。

车子过了坡头圩不久，在“九有村、钟氏大宗”路牌的指引下，从海关楼往右驶去，穿过长长的树林，便到了有600来年历史的坡头镇九有村。只见村舍俨然，一派安然。黄童皓首，彬彬有礼。

我们齐聚在“钟氏大宗”前，只见眼前一望开阔，不远处是横着的一垄长长的低而平的碧野，辽阔的碧野外则是高起的土地，上有村舍和树木。祠堂左边不远处的碧野上，便是粤西闻名的贞孝坊，这座红砖砌就的贞孝坊已在凄风苦雨中守候了174年。身处钟氏大宗前，但见绿树苍苍，碧野环绕，视野开阔，真是一个钟灵毓秀的胜地。

进入祠堂，我们便被浓郁的翰墨书香包围着。红联副副，诗词书画，琳琅满目。最醒目的是高悬于二进大厅上的金字牌匾，其中一个国学太学士、一个太学士、七个进士和一个举人最令我震撼和景仰！我顾不得麻烦主人，叫来一个嫂子，帮我搬来了一架长长的竹梯。我爬上去想看个究竟，但够不着，只好转到右边厢房，查看粤西钟氏名人榜，寻找那些闪着金光的古老名字，其中，出自九有村的那些来自封建时代的名人名字更引起我的注意：钟淮，覃恩敕赠徵仕郎，正二品国学太学士；钟迪谦，太学士；钟文敦，宋赐进士，任学正诰封为奉直大夫；钟怡，与粤西唯一状元吴川霞街林召棠同窗，清道光癸未科殿试，林召棠高中状元，钟怡中进士，被敕授徵仕郎；钟涛，乾隆（1792年）壬子科举人；钟清，国学士；钟文俊，曾任吴川、海康以及广西合浦教谕。还有一位钟迪德，也就是获立贞孝牌坊之吴氏从未谋过面的丈夫，他十五岁即中秀才第一名，可惜十八岁夭亡。

看着这么些名字，我非常惊讶，他们都是那个时代天之骄子，个个都是满腹经纶的饱学之士。

要知道，封建时代开科取士，不像现在高考那样年年开考，而是三年才一考。每科殿试，中进士者仅以百计，考中者，确是凤毛麟角，难怪“一举成名天下知”。还有就是，要获得殿试资格，还要经过县试、乡试和会试不断的筛选，破关斩将，确非易事。而偏居粤西一隅的九有村却连出秀才、举人、进士、太学士，怎不令人惊叹不已？从这些举人进士的姓名里，我仿佛听到了数百年来寂静的九有村琅琅的“关关雎鸠，在河之洲，窈窕淑女，君子好逑……”的诵读声，似乎看到了主角们在书桌旁、油灯下专心致志习书写字的身影，好像还闻到了萦绕几百年的浓浓墨花香。

当我登上“钟氏大宗”二楼大厅的时候，我看到了“湛江市校园作家协会创作基地”的牌子，看到了书籍、报刊以及张贴在四面墙上的各种各样的图片，看到了贴在墙上的《治家之道》，尤其是镶在《治家之道》两边的“欲高门第须行善，要好儿孙必读书”的对联，为我揭开了九有村代代兰馨桂馥，钟建雄、钟永红们脱颖而出的奥秘。是的，九有村之所以人才辈出，兴旺发达，是因为他们有着尊师重教的好传统，崇文好学的好风气。封建时代，500多年前钟氏大宗领头人赤公的曾孙就献出120石租田作祖尝，其中一项开支就是奖学的资金，此举一直沿袭到1947年。当新学兴起的时候，九有村紧跟时代的潮流，在20世纪40年代初，就节衣缩食办起了文有小学，培养村中的子弟。中华人民共和国刚成立，我的舅舅陈世龙先生就被调到这间小学当校长。特别是开放改革以来，人民生活水平提高了，村民更注重教育事业。村中制定了奖教奖学方案，激励师生勤教勤学，使得九有村年年桃李芬芳，高考捷报，一年红火过一年。据统计，近10年来九有村就有数十人考上大学本科。

山水钟灵秀，诗书久有香。古雅清幽的九有村，历经半个多世纪而弥香的书香，它将继续熏陶着一代代后人，使之成为祖国的栋梁之材。

《日报》《晚报》助我成就梦想

我已年近古稀，数十年来，几乎天天接触的，就是“湛江两报”——《日报》和《晚报》。它们就像两位亲人一样，陪伴我走在人生的路上，帮助我成就梦想。

我读初中时，它叫《每日新闻》，后来，它改名叫《湛江报》《红湛江报》《湛江日报》，再后来它又添了一个兄弟《湛江晚报》。

学校给我们每班订了一份，我每天都盼着读到它。后来，回家务农，生产队订有一份，每天第一个读者就是我，我是它忠实的读者。读报，使我了解到大量信息，增长了知识，开阔了视野。

1972 年，村里办学校，祠堂成了教室，生产队派我做老师。我兴致勃勃地创办起学校来。经一番辛苦，学校虽然只有一年级，但也按时开学了，我由农民变成了民办教师。我很有成就感，就写了一首儿歌，歌曰：

毛主席您是太阳我是花（儿歌）

喜鹊在枝头叫叽喳，
迎来了一群小娃娃。
“洒水扫地忙个啥？”
“旧祠堂办起学校啦！”
校长是贫农忠大伯，
老师是知青小秀华。
贫下中农办学校啊，
我为建设祖国学文化。
课室正中贴上了毛主席像，
课室门前种下了向日葵花。
“毛主席，您是太阳我是花，
阳光照耀我长大。”

写完之后，我不知天高地厚，斗胆投给了《湛江报》。想不到，没过几天，我惊喜地发现刚来的报纸上面登载了我的处女作！我高兴得跳起来，好几天心里都是甜蜜蜜的。我像宝贝一样小心翼翼地保存着这份报纸。直到恢复高考，考生要填写报考表格，为了证明我的“水平”，我忍痛割爱，把登有我诗歌的那一小块剪下来，贴在表格里，投出去。从此，这份报纸就和我“拜拜”了。

这一斗胆投稿，钢笔字第一次变成了铅字，这对于我这个爱好文学的小青年，产生的是一种多大的动力呀。它在我的心田里，播下了一颗文学的种子，产生了有一天自己很多文章能登在报纸上，自己能成为一个作家的梦想。

我开始大量阅读文学作品，偶尔也写些诗文，发在生产大队的宣传栏或工作后单位办的墙报上。

2002 年，党的十六大即将召开，湛江市文联和湛江日报编辑部联合举办“讴歌十六大征文比赛”。我写了一篇散文《荔枝红了》投了出去，想不到

《湛江日报》刊登了，还获得一等奖，并排在最前面，资深编辑陈迅先生作了点评，给了我很大的鼓励。《湛江日报》刊登了我的文章，使我深埋在心田中的那颗文学种子开始迅速发芽、抽枝、长叶而一发不可收。它给我信心，给我力量，使我认识到，我的文章也能登上大雅之堂，成为作家之梦是能够实现的。于是，我开始向《湛江日报》《湛江晚报》投稿。一路走来，得到两报的领导和编辑们热情的扶持帮助，每年都能在“百花”“海风”等栏目发表不少文章。退休之后，我出版了第一本诗歌散文集《荔枝红了》，五年后，我出版了第二本散文集《三余集》，今年，我又出版了散文选集《晓阁文踪》。这几本集子收进的文章，大多数都在两报上发表过。因此，有些场合，人们就会称我“作家”。听到这个称呼，我知道，这份荣誉与湛江两报的支持分不开。感谢两报，感谢帮助我成长的编辑们。

与两报结缘几十年，情深义重，山隔不开，水隔不断。我会天天盼它们，天天看它们。两报在手，心里更踏实，在圆梦路上，越走心越欢。

贵在风气

在坡头区坡头镇塘博村，珍藏着一幅当代书法泰斗、被称为“隶书王”的沈定庵先生书写的“贵在风气”的书法作品。这幅作品，既是对具有“书法村”美称的塘博村的赞扬，也是对塘博村所在的坡头镇文化氛围的概括。

是的，崇尚文化，推广文化，在坡头镇蔚然成风。我们访问坡头镇委书记、镇长王锋，他给我们介绍坡头的情况时，首先就如数家珍地讲起有关坡头文化的事。

坡头镇的文化活动具有鲜明的群众性特点。坡头镇成立有诗社、书画社、曲艺社、舞蹈协会、足球队等群众性的文艺体育团体。这些团体的活动开展得非常活跃。书画社 10 多年来坚持每个星期活动两次，难能可贵。诗社团结了一大批诗人积极开展创作活动，出现了梁芳洲、张石泉、麦登庸等著名诗人，拥有 4 位中华诗词学会会员，并已出版了 15 本诗词集。舞蹈活动的红火更令人惊奇，全镇有几十支舞蹈队，遍布全镇各个村委会，舞蹈队天天晚上都在跳舞，甚至一些农村老太太抱着孙子也来跳舞。政府文化站还牵头组织了三次舞蹈大赛，镇属爱周中学原创舞蹈《岁月神偷》，最近参加广东省第五届中小学生艺术展演，荣获一等奖。

说到书法艺术的传承，坡头镇的书法艺术水平，可说是代表了坡头区的最高水平，在全市也有一定的影响，产生了诸如著名农民书法家梁土华以及陈瑞乾、林水养（已故）、林心石、许璜珊、黄海明、陈尚来、吴庚、梁松涛等一批实力派书法家。书法这种高雅的艺术，在坡头镇并非只是文人雅士的专利，也是广大群众的共同爱好，塘博村便是这方面的代表。塘博村有着良好的习书传统和氛围，群众性的书法活动开展得非常活跃，寒暑假经常举办青少年书法学习班，每年中秋和元宵节还在村中文化室举办书法展。塘博村浓厚的书法氛围引起了1991年3月访湛的沈定庵先生的注意，于29日到访塘博村，并欣然挥毫写下了本文开头的那四个字赠送给塘博村，留下了著名书法家与坡头农民书法交流的一段佳话。在沈先生的鼓励下，应湛江市文联和书协之邀，1992年7月，塘博村在赤坎老干部活动中心举办了“塘博村农民书法作品展”，开了农民书展进城市的先例。是年，市委命名塘博村为“书法村”。

年例，可说是坡头镇每年文化活动的集中展示和高潮。每年农历正月初十是坡头镇的年例，度过了大年夜，人们就在酝酿着年例的氛围。一场接着一场的球赛，洋溢着浓郁翰墨香的书法展，红男绿女的走街串巷，逐渐把年例的味儿推向最醇。到了初十这一天，坡头镇从乡村到圩镇成了欢乐的海洋，欢歌笑语溢满大街小巷。坡头圩更成了人的海洋。上午，人们举行隆重的编队巡游，队伍浩浩荡荡，见首不见尾。内容多种多样，规模更壮观。欢乐的锣鼓，威武的瑞狮，生猛的长龙，是中国传统文化的展现。鲜花队、彩车队、飘色队、马色队，现代与传统结合，异彩纷呈，颇具特色。特别是“八仙过海”“观音送子”“郭子仪祝寿”“明皇游月殿”等飘色造型，更体现了传统文化的特点。下午，举行足球、排球、篮球赛，晚上举行“坡头镇春节联欢晚会”，将年例的气氛推向了最高潮，浓浓的文化气氛洋溢在坡头镇。

在坡头镇这块文化沃土上，还成长起雕刻家钟宝钧，更有全市闻名的雕塑家陈日均。最近几年，在坡头镇更涌起一种新兴的艺术，那就是微电影。坡头镇“雨舟微电影”引领着坡头微电影的潮流。

坡头镇浓厚的文化氛围，来自优良的传统。在坡头圩北，有一座正在重修的集成书院。这座书院亦称“忠肃公祠”，是陈姓后人为纪念先祖宋朝状元、参知政事陈文龙于清乾隆四十八年（1783 年）而建的。建成后，被用来办学，名曰“集成书院”。清朝首任驻美公使陈兰彬曾出资 300 银圆对书院进行修缮。集成书院在坡头文化传播中起了重要的作用。爱国巨商许爱周于民国二年（1913 年）在家乡兴建“周兴书屋”办学，出巨资购置《万有文库》供学子学习，传播着文明之光。陈兰彬等重量级文化名人还到访过塘博村等村庄，并挥毫为梁景山九十一大寿题写寿联，联曰：九秩遐龄桃觞竞进，一庭喜气莱彩交辉。也播下了文化的种子。正是肥沃的文化土壤，培植了坡头镇的文化大树，散发出文化的芳香。

坡头镇文化之树的枝繁叶茂，更有着历届领导的精心浇水施肥。把文化工作搞好，这几乎是历届领导的必答题。年例的旧瓶装新酒，是他们的得意之作。从青少年抓起，是他们富有远见的战略眼光。现在，文化站和妇联还坚持着在寒暑假免费举办青少年书法学习班。党委政府高度重视文化建设，建了一栋高六层的文化楼，花大力气建设文化站，达到了很好的效果，2015 年，坡头镇文化站被评为广东省一级文化站。为了推进文化建设，镇政府推平了政府大门前一排面积达数百平方的镇属商铺，把它建成文体公园，为群众进行文体活动提供了场所。为了推动群众性舞蹈活动的开展，2011 年，镇政府狠下决心，拆掉了一栋临街的商业楼，建起了一个福民文化广场，供舞蹈队每天晚上跳舞。拆掉这座商业楼，政府每年可是少收 20 多万元的租金啊。

优良的传统，领导的重视，让坡头古镇文化氛围日益浓厚，文明之风荡漾，群众的精神面貌发生了深刻的变化，坡头镇也顺理成章地成了生态文明镇，正在朝着全国文明镇的方向而努力。

文化建设，贵在风气。坡头镇重视文化的风气确实宝贵。

倡学之风在这里延续

深秋时节，坡头作家到官渡采风。这次采风，兵分三路，我加入了到麻俸村这一组，因为，那里有闻名粤西的蓉镜书院，还是著名高校广东医科大学的新址。

从镇政府所在地出发，驱车大约走了五公里，只见在海东快线路边立着一块大牌子——广东医科大学新址。我们顺着大牌子旁边的一条水泥乡道往前走，不远处，就是麻俸村委会办公大院。时间虽是周末，村委会的干部还在忙碌着。村支书放下手中的工作，带我们去参观，第一站就是“蓉镜书院”。

蓉镜书院位于麻俸村西面，书院前面不到 10 米就陡然低下去，沿着斜坡，建满了民房，不远处就是湛江海湾。

蓉镜书院像一位风烛残年的老人，垂垂老矣。大门前和里面天井走廊长满了近一米高的野草，除了大门上和后檐还存有些瓦片，屋顶的瓦片和桁条几乎没有了。但大门额上“蓉镜书院”四个楷体大字，依然饱满地傲然呈现在上面，虽然已经很残旧了。这四个字听说是该村清增贡生曾任尧平教谕的黄兆熊（启邦）所书。蓉镜书院始建于清同治年间，至今已历150多年。书房坐东向西，俗称“大书房”。书房称“大”却也名副其实。通面宽31.6米，进深26.4米，占地面积834.24平方米，主体为砖瓦结构的“五间头”，旧式四合大院，一大天井，共18间房。加上南北小仓房、哨岗、四面走廊通道和围墙，占地约3000平方米。据书记说，书院前面，曾用红砖铺就巷道，陡然低下的村道一直通到湛江海湾。现在书院虽已破败不堪，但可以想到它当年居高临下，在周围低矮草房的衬托下，显得多么宏伟壮观，气势轩昂。麻俸村和邻村的小孩都到此求学，近百年来，琅琅书声长期回响在这临海的乡村。年年桃李，岁岁芬芳，从这里先后走出了20多名秀才和一批国学生，不难想象，当年蓉镜书院必定是盛极一时的，也因此以它的规模和成绩，成为晚清时期粤西地区著名的书院之一。后来，由于求学者众，麻俸村于民国二十三年（1934年）以蓉镜书院为校舍，另创了私立麻俸小学，更好地传承了蓉镜书院开创的一代学风文风。春风化雨，麻俸村文明之风长盛不衰，人才辈出，明清期间考上庠生20多人，曾荣登吴川县四大名乡之列。

一座旧书院，不仅仅是一座普普通通的砖瓦结构行将坍塌的建筑物，它代表着数代麻俸人一种执着的教育情怀，代表着一种风气，一种追求，因它而形成的一种传统。这种情怀，这种风气，使得一代代人成为国家和社会有用的人才。

一座旧书院承载着多少人的希望，是多少人的精神寄托。他们希望旧书院能重生，门楣能光大。

冥冥之中，书院的灵光似乎从来没有熄灭过，它努力地延续着书院的气脉。

这不，一场春风，一个机遇，一种文脉的连接，麻俸村迎来了书院的再生——著名学府广东医科大学择麻俸村之宝地作新址！不久的将来，旧书院的不远处，将崛起一座堂皇的大学城！

广东医科大学择麻俸村之宝地做新址，并非一时心血来潮，而是明智的抉择。

麻俸村真的是一块人杰地灵的风水宝地。麻俸村为郁郁葱葱的五里山、司介山、背山、张金山、牛荫山五座山岭连贯环抱，前面临海，一望开阔，真乃山清水秀，得天独厚。

书记带着我们来到广东医科大学新址五里山，信步走到海边，所站之处，突兀于海岸，平坦如砥。只见湛江海湾，一水横村，波光粼粼，西面隔海与遂溪县属的村庄相望。从五里山到八调江一带，长着数千亩红树林，密密麻麻，翠绿如墨，远远望去，点点鸥影在红树林上飞动。一汪碧水，深入五山腹内，波澜不惊。三面青山，一湾绿水，相互映衬，气象万千，真是个好地方。五山之水，注入湾内，本地人说这是五龙归海。看着这山山水水，我感到这确是藏龙卧虎之地，办大学绝妙之处。我说，在这里办大学，真是不二之选。书记说，这还用说，医科大一位已退休的副校长一到这里，就被迷住了，说，学校就在这里，其他地方都不去了！书记说，新校址规划用地 1300 亩，首期建设 1000 亩。学校将依山傍水，绕内湾而建，各种建筑物，高低错落有致，师生从对面来这边，要走湾内之桥。听着书记的简单介绍，我的眼前似乎出现了一座山水画般的现代化大学城，国内的莘莘学子纷纷慕名涌来。麻俸村的山山水水，将升腾起氤氲的文气，弥漫在岭南的上空。

山水钟灵秀，书声接蓉镜。当然，蓉镜书院早已随着时代而远去，落户于麻俸的医科大校园正在孕育，两者扯不上关系。但源于博大精深的中华文脉，却使两者联系起来。刚看了面临坍塌的蓉镜书院，又亲临前程无量的广东医科大学新址，我的心绪犹如眼前的潮水般涌动，伟人的一句词句出现在脑际：萧瑟秋风今又是，换了人间。

一片富有诗意的彩霞

南国滨城湛江，天蓝海碧，四季如春。文明之风，更像春风荡漾，温暖人心；更像彩霞满天，秀丽异常。在这五彩斑斓的城市里，有那么一片彩霞，映着阳光，富有诗意，点缀着滨城的风景。

在霞山区美丽的海滨公园旁边，有一所老干部大学，大学里有个诗词普通班，这个班是2012年老年大学改制为老干部大学后，扩招而诞生的。短短7年时间，这个班由办班时的10多人发展到现在的34人。

走进这个班，你就会看到学校的特点——“老”。就座的“大学生”大多白发苍苍垂垂老矣。翻开他们的名册，赫然发现其中曾有人当过厅官，曾是科级处级干部的也不少，还有已退休的中学校长书记、公务员、医生、教师、职员，还有著名书法家、教授、老板、家庭主妇。跟他们聊聊，你就知道，他们是为了那么一个心愿，那就是老有所学，老有所为，让有限的生命丰富多彩，让自己的每一天都灿若云霞，为五彩斑斓的城市增添一点靓丽的色彩。

这些老学生可能在青春岁月曾因种种原因，错过了进入大学殿堂的机会，或者想在人生暮年重温青少年的幸福时光，他们对学习是那么认真对待，守时，遵纪，尊师，这是这些老学生的共同特点。每次上课，那些步履蹒跚的爷爷来了，那些拄着拐杖的老奶奶也来了。他们从不迟到，从不缺课。有些学员为了保证不迟到，每次都提早出门，经常是到了学校，教室的门还没开。一到上课，大家就各就各位，端端正正地坐好，专心听课，没人交头接耳乱说话，没人打电话玩手机，一坐就是两个小时。尽管有的授课老师比自己年轻，比自己职位低，他们也恭恭敬敬，口称老师，真诚地执弟子之礼。我敢说，这是世界上最守纪律、最认真听讲、最尊敬老师的学生。在他们的身上，我看到了尊师守纪的良好品德在闪闪发光，他们为湛江的道德建设增了光添了彩，我不禁也要为他们拍手喝彩！

这些“大学生”又是那么好学，好学得让人肃然起敬。他们普遍年纪都大了，事业有成，家庭幸福，但为了充实自己的人生，他们不用动员，更没有遭人强迫而自发来参加学习。有一位曾担任过重要职务的老先生，在岗时兢兢业业地为建设湛江呕心沥血。退休之后，成了摄影艺术的发烧友，拿起相机，玩起摄影来。他为我们留下了一张张美丽的相片，为湛江的快速变化留下了一个个镜头。听朋友说，这位老先生已出版了 9 本摄影集，可谓硕果累累。他虽已 80 多岁，还不肯停下求知的脚步，这学期，又迈向诗词的领域，到诗词普通班来，坐在第一排，认认真真做起一个普普通通的学生。一学期来，他已在市级以上报刊发表了 3 首诗。他就像一片晚霞，继续灿烂着。

诗词普通班的学员，有些原来对诗词格律一点基础也没有，学习起来很困难。但他们迎着困难上，专心听课，有不明白的，下课就围着老师请教，直到弄通弄懂为止。为了更好地掌握诗词创作知识，他们到书店或上网购买工具书进行自学，他们比那些大中小学生更像个学生。他们的学习目的是那样明确单纯，他们的学习态度是那么踏实认真。他们认认真真地完成老师布置的作业，作业发回去以后，又进行认真修改，再通过微信和老师交流。我看着这些满头白发的学员认真学习的样子，真是感慨万千！这个学期，26 人次分别在国家级刊物《中华诗词月刊》、省级刊物《诗词报》《诗歌报》和《湛江晚报》上发表诗歌作品，这就是他们交出的成绩单！几年来，20多名学员从这里走进更高一级的诗词研修班，就是他们为弘扬国粹做出的贡献。老干部大学一位副校长和这个班的班长都自豪地说："诗词普通班不普通啊！"

"莫道桑榆晚，为霞尚满天。"唐人刘禹锡的这句意味深长的诗是写给晚年白居易的，拿来形容我们这个诗词班不也是很恰当吗？诗词班就像一片富有诗意的彩霞，成了港城一道充满正能量的励志的风景线。

读书乐，乐读书

转眼间，离古稀之年不远了。回首大半生，至乐者莫如读书。

我父亲读过几年书，家中也有个小书柜。母亲目不识丁，但生于一个识字的家庭，总用外公、舅舅怎样读书教育我。小时候，我经常看到姐姐和堂兄及村中一些人在家中的门楼处读书做作业。这样的环境，使到我自小就爱读书，读书给我带来无穷的乐趣。

我爱读书是从看小人书（即连环画）开始的。父亲曾给我买回几本有图画的读物，我整天就拿着翻来翻去。进学校读书前，我曾跟随父亲到市区（霞山）生活，没什么玩，就逛街，去得最多的地方，就是和平电影院（即现在的东风电影院）和它两边对面街的小人书摊。没钱看电影，就看电影宣传画；没钱看小人书，就看挂在墙上的封面。如有几分钱，也舍不得买糖果，就拿去书摊租小人书看，一分钱一本，看得津津有味，看了一次舍不得还，又看一次，让一分钱产生最大的价值。有一次看入迷了，忘记回家吃饭，害得父亲到处找。甚至到入学以后，有机会到霞山，逛街的首选之地还是电影院附近的小人书摊。小人书让我认识了刘关张，认识了孙悟空猪八戒。那时，看小人书成了我最快乐的事。

那时在农村读小学，没什么好玩，体育活动不多，打篮球没我这个小个子的份。放学回家，除了做家务之外，我就翻父亲的小书柜。首先翻的是由十几本分册组成的线装《三国志演义》，因为每一分册都有人物绣像，看不懂书可以看“公仔”。到了三年级，我就开始看《水浒》，我被梁山泊英雄们的故事迷住了，甚至每天早上母亲起来煮早餐，我也跟着起床，坐在床沿，就着煤油灯看起《水浒》来。众多的英雄人物出现在我的脑际，多姿多彩的世界开阔了我的视野，我从书中得到了现实生活中缺少的快乐。我喜欢跟母亲到舅父和舅舅家去，因为舅舅的小屋里有一本不厚的《秦香莲》。一到舅舅家，我就翻出这本书来看，我是从那本书里“认识”了“陈世美”。秦香莲和春哥冬妹的遭遇令我泪流，韩琦的正义和刚烈令我肃然起敬。

我考上了城里的中学读初中，令我眼界大开。学校的图书馆真大呀，什么书都有。我看了一本又一本，睡觉前躺在床上看，走路时看，课余时间看，甚至有时候上课也偷偷地看，少不了有时候被老师抓住把书缴了。那时候，到图书馆借书看几乎是唯一快乐的事情。像《青春之歌》呀，《苦菜花》呀，当时畅销的小说几乎都看了个遍。我记得，1965 年金敬迈的《欧阳海之歌》刚出来，一时“洛阳纸贵”。学校图书馆也要不来几本，大家抢着看，我是第二个借到这本书的，心里那个高兴劲儿，无法形容，整天争分夺秒在看。小小年纪的我，就在这拼命读书中，受到了爱国思想和英雄主义的教育。

记得阅读《创业史》，是在姑婆家完成的。表叔订有《收获》杂志，而《收获》刊登了《创业史》。课余时间，我就往姑婆家跑，一坐下来，就找《收获》来看，一看就是大半天。那时候看小说，不懂得怎样去欣赏，大都是被其情节所吸引，就像饿汉见了面包似的。可见，当时有书读是多么快乐的事呀。

我家在南三岛，在霞山读书，星期六、星期天我常常不回家，新华书店就是我度过周末时光的地方。那时，新华书店在逸仙路尽头靠东堤路边。我或倚着书架或坐在地上专心的读书。书店不大，但书籍给我展现了广阔的天地。我跟着人物的命运或悲或喜，随着生动的情节或紧张或舒畅，我如痴如醉地迷失于书本中的大千世界里，忘记了时间，忘记了吃饭。“书籍是人类进步的阶梯”（高尔基语）。忠贞爱国，仁义道德，谦虚诚实，艰苦朴素，人类美好的思想意识充实着我的精神世界，幼稚无知的我就像一块海绵，尽情地吸收着精神营养。书籍给我带来了快乐，开阔了我的视野，增长了我的见识。

我在读书中得到了快乐，从而养成了我乐于读书的习惯。学生时代，看书没有什么目的，但有点偏爱看小说等文学作品和历史书籍。工作以后，除了继续看文学作品历史书籍之外，翻工具书和有关业务的书也多了，这个时候读书的目的性就强了。勤奋读书，提高了自己的业务水平，从而成了一位中学语文高级教师。读书成了我生活中不可分离的组成部分，天天都要看看书，看看报刊，睡觉前不看看书就睡不着。随着年龄的增长，读书的兴趣又有点变化，喜欢看传记类书籍，从 1996 年开始我就一直订有《名人传记》，至今也没断订。读书是我最乐意干的事情。

读书乐，乐读书，是我大半辈子都在坚持的事情吧。

淘书

我自小就喜欢看书，也喜欢藏书，因此也喜欢淘书。

读书不多的父亲曾有一个小书柜，给我留下了为数不多的书。小时候，我能够读的书都读过了，就希望有更多的书读，可是家穷，没钱买。后来，我当民办教师，同校有一位很有学问的老师，他藏有很多书，古今中外的书摆满了大书柜。我很羡慕他有那么多的书。有一天我到他家想借一本书来看，他不肯借，说："我认为谁看书比我有用我就借给谁，否则我不借。"使我很尴尬，也很伤了我的自尊心。于是暗下决心，我也要有大书柜，也要有很多书。

恢复高考，我考上了师范，被分配回家乡的中学教书。我做的第一件家具，就是买回木板，叫堂弟给我做了个大书柜。有了书柜，就要买书。我转正后，补发了几十块钱的工资，第一时间就是通过在书店工作的一位叔叔买回了一本《辞海》。此后就不断地买书，虽然那时工资很低。我的书柜渐渐充实了，知识也多起来了。每次进城，只要时间允许，我都要到新华书店逛逛，以便淘点什么书。我不仅光顾新华书店，还将目光投到街边的书摊。你别看那些小书摊“其貌不扬”，有时还真的藏着宝贝。一些旧书可以在那里出现，一些绝版的书可以在那里找到，一些自己需要的书在那里可以买到，一些被认为过时而被清仓的书也摆在那里。这些书皮发黄，甚至破旧的书，内容不减，而且过去校对的功夫很到家，极少错漏，很值得买。同时，因“其貌不扬”，可以大砍其价，非常“抵买”。我就在这些小书摊淘到不少书。

1994年7月，我到襄樊旅游，也不忘到书店书摊逛逛。结果，我发现了一套上中下三卷本的《四部精华》，精装本，纸已发黄了。印刷时间是1991年，定价40元。这套书是世界书局1934年编辑出版的一部古诗文选本，上至先秦，下至清末。它收集了我国古籍中经、史、子、集四个部分内最具有代表性的作品。我喜出望外，一问价钱，才三折12块钱，便毫不犹豫买下来，我的书柜又多了一套宝贝。2012年，我到坡头区政府大楼对面的一间私人开的小书店逛逛，发现里面有一本《汉语大词典》（普及本），2000年印刷，精装16开本，2600页左右，定价198元。这样的工具书，对于我们这些中小学教师来说，太有用了。最后，我以50元的价钱淘到它，很高兴，就像拾荒老汉淘到了一大块金子似的。我把它放在案头，经常向它“请教”，受益不少。早几年，经常有些人在我们学校门前的道路两旁摆书摊，我见到了，总要去看看有什么书可淘。我特别注意那些有点破旧的书，这些书大多是多年前印刷的正版书，校对功夫到家，现在书店可能已经买不到的。它们大多是因为积在仓库久了，被当作废纸给清理出来的。这些书对我来说，没有的就是新书，因为破旧，就易于砍价，十块八块钱，就可以淘到一本很不错的书。就这样，我就在学校门前的地摊上淘到了不少好书。例如，《中国历代名赋大观》（北京燕山出版社2007年出版）、《万首唐人绝句校注集评》（中）（山西人民出版社出版，精装，1370多页）、《全宋词精华》（一至五册，辽宁古籍出版社1995年出版）等。当然还淘到很多其他方面的书籍。就在写作此文前一天，我又在区政府大楼对面的小书店花5块钱淘到一本《词语中易混字辨析手册》，这本小册子，对我这个业余做文字工作的人来说，很实用。

现在，淘书的门路更多了，还可以淘到网上去。近年来，我想学学写格律诗，但缺些工具书，新华书店找不到，地摊也没有，只能上网淘了。网上的世界更大，宝贝真多，我先后淘到《诗词格律简捷入门》（上、下册）《诗韵字典》等宝贝，特别是《诗词格律简捷入门》淘得很有意思。此书为中国文史出版社出版，2006 年 1 月第 4 次印刷，定价 29 元。我花了 90 元才淘到它，打开一看，里面已划了不少红杠杠，原来我已是它的第二位主人了，难怪它身价涨了。

长期坚持淘书，使到我的 7 个书架书柜都摆满了书，还有一部分书被堆放在地板、房架上。读书乐，淘书也乐。说实在的，我家最值钱的就是这几个书柜的书，其他家具什物什么的，没有一件是很值钱的。

书籍陪伴我度过了几十年的教师生涯，帮助我解决了不少工作中遇到的问题，充实了我的精神世界，让我学习不断进步。现在，这些书还在陪伴着已经退休的我，当然，我也还在不停地淘书。

冬日的阳光

冬天来了，风寒水冷，帽子毛衣，似乎要把人和世间万物隔绝。人们最缺的是温暖，最盼的是阳光。

太阳出来了，冬的世界一下子变得光亮起来。冬日的阳光，没有春的潮湿，夏的酷热，秋的干燥，和煦而温馨，就像一个充满爱心的温柔女性。

有阳光的冬日，天空无比辽阔悠远，世界变得光明温暖。我窗外阳光下的那片树林依然绿意葱葱，树林外的那长长的海湾更加清澈湛蓝。

寒冬时的阳光，给世界以温暖，给大自然以生命，让人间充满活力，让穷苦人有了生活的希望。

农村改革前，我家的后面是生产队的队屋，右边是一个单身汉房屋，只有窄窄的正屋，没有屋臂，屋前有一块空地。冬天里，当太阳出来后，人们就从队屋转到这里，抱着双手，蹲在地上，抽着水烟筒，晒着太阳，议论着生产的事儿。而这单身汉屋子的东面墙角，则坐着或蹲着一排小孩在晒太阳。

其中有兄弟俩，没冬衣穿，就穿着一件长辈穿破的长长厚笠（卫生衣），既当上衣也当裤子，蹲下来，就把厚笠一拉，把腿盖住。是温暖的冬日阳光，帮助人们，包括那两兄弟燃起生活的希望，度过了一个个寒冷的冬日。

没有阳光的冬日，世界就黯淡起来，人世间似乎失去温暖，生命也似乎随时要失去。五十多年前，就是在一个寒冷的没有阳光的冬日下午，我亲爱的父亲等不到我放学回来，就走上了奔往天堂的路程。我失去了阳光，更失去了父爱，那个冬天好漫长。当我走进了春天，我依然怨恨那个没有阳光的冬日，我更祈盼冬日也有温暖的阳光。

跟现在冬日的阳光只属于天空属于街道，人们不再需要阳光取暖不同，那时冬日的阳光属于所有的人，特别属于那处于饥寒交迫中的劳苦大众。他们或在田野里，或在屋前屋后，尽情地享受着冬日阳光的恩赐。甚至连猪狗牛马、鸡鸭鹅猫，也在阳光照耀下顺利过冬。

锦上添花的春日阳光固然讨人喜欢，催生繁荣的夏日阳光当然不能缺少，流光溢彩的秋日阳光也令人高兴，但冬日阳光更让我崇敬，它给人的是雪中送炭，它让万物保持了生机，它更让丢光了叶子的树木孕育着新的生命。

冬天来了，带着寒风，夹着冻雨，还有层层的黑云跟随。我明显看到田野的草儿枯黄了，街道两旁树叶纷纷而下，山寒水瘦，周天寒彻。

朋友，你不用害怕，太阳每天都会从东方升起。乌云遮不住太阳，冬日里也会阳光灿烂。冬日的阳光给我们温暖、光明、信心和力量。簇拥着冬日的阳光，我们就会熬过寒冬，迎来生机勃勃的春天。

冬，你在哪里

冬至就要到了，不少百姓已经开始筹备“做冬”，也就是过冬至节。

冬至，又名“一阳生”，是中华民族一个传统节日。据说，过冬至习俗传承已有3000年的历史。把冬至作为节日来过，源于汉代，盛于唐宋，相沿至今。

古人认为自冬至起，白昼一天比一天长，阳气回升，天地阳气开始兴作渐强，代表下一个循环开始，是大吉之日，所以称之为“亚岁”。杜甫有诗云：“天时人事日相催，冬至阳生春又来。”古人过冬至节相当隆重。在这一天，人们要祈福，《周礼春官·神仕》曰：“以冬日至，致天神人鬼。”目的在于祈求与消除国之瘟疫疾病，减少荒年与人民的饥饿与死亡。同时大举贺冬，这天官府放假，鼓瑟吹笙，奏“黄钟之律”，亲朋互访，以美食相赠，以示庆贺。这一天，皇帝到郊外举行祭天大典，百姓则在家拜祭祖先。

在我们家乡，流传着这么一句话：冬至大过年。可见过冬至节，在我们家乡也是相当隆重的。确实也是这样，不少村庄在这一天，家家户户一大早就起来杀鸡宰鸭，筹备过冬至的饭食，“鸭子叫叫冬夜长”之说可以证明人们过冬至节之隆重，筹备时间之早。人们把过冬至节称之为“做冬”。是日，人来人往，爆竹声此起彼落，寒冷的天空中弥漫着阵阵烟气，全村处于一种喜洋洋的气氛之中。过冬至节之所以要早做大做，是因为除了自家人吃饭之外，还要把饭菜送给亲戚朋友，在我们乡下这叫作“担冬”。有的还请来客人到家吃饭。到别人家过冬至节吃饭叫作“吃冬”。

杀鸡宰鸭隆重地过冬至节，也不是所有的村庄都这样，有些村庄就没这样过冬至节，本地人称之为“无冬”，意即不过冬至节，我们村子就不过冬至节。小时候，吃不饱是常态，所以，一到冬至节，就盼着姑姑“担冬”来，姑姑来了，我们又能吃上一顿白米饭吃上一次肉。

虽然我们这些村子不过冬至节，但还有不少跟冬至节有关的习俗。我记得，小时候，冬至将临，母亲就会做一些带“姜”的东西。可能是冬至到了会天寒地冻，吃姜，可以帮大家驱寒度过冬天。母亲买回一批姜和红糖。一种方法是把姜放在锅里反复地熬，然后放上红糖。熬够火候的姜就可以捞起来像吃番薯那样吃，吃了一块以后，身子感到很暖和。这一锅姜糖每天都要煮，煮完吃，一直到吃完这锅姜为止。这样需要的姜和糖会比较多吧，母亲又有另一做法，就是煲“姜饭”。母亲把姜刨了皮，洗干净剁碎，和着米来煮饭。这种饭热气腾腾，也辣味腾腾，吃着吃着，脸红了，鼻子红了，甚至汗水也出来了，但身子却是暖洋洋的。在冬至期间，母亲还有一种“姜产品”，就是做“姜糖”。母亲把姜刨皮洗净，和着红糖和炒熟的花生米放到碓里舂，当姜、红糖片和花生米都成了粒状，就捞起来，用手捏成一团一团的，放在玻璃罐子里。这些做成团的姜糖，很多时候是用来孝敬老人的，但老人吃的时候，也少不了我们小孩子的份。吃着这些令人暖洋洋的姜糖，“冬至”就给我们留下了深刻的印象。

现在，“冬至”的字眼还在日历牌子出现，有“冬”的村子照样热闹，放的鞭炮比过去更多更响，吃的饭食比过去要丰富得多。因为人们的生活水平提高了，小孩子再不用像我那样盼着姑姑“担冬”来，路上也没有了“担冬”的身影。当然，煮姜糖的辣味儿也消失了，舂姜糖的碓声也没有了，贺冬的形式就剩下大吃大喝。沿袭几千年的“冬至”习俗，还剩下多少内容？我不禁要问：

“冬，你在哪里？”

守岁

小时候，每到岁末，就天天盼着过年。过年真好，有饭吃，有新衣服穿，守岁时还有压岁钱。

那时，到了除夕，一家人都在忙着过年的活儿。傍晚，人们捧着煮熟了的阉鸡和猪肉先到神庙拜菩萨，然后回来拜祖宗。在家拜祖宗有一个环节，就是给香炉换插香烛用的新沙。拜完祖宗，就可以开始吃年夜饭了，这时，年味儿浓到了极点。平时我家和大叔家是分伙食的，吃年夜饭时两家就把菜餸摆上了同一张饭桌上，在城里工作的叔叔也回来了，大家庭的人团聚在一起，在金黄色的煤油灯光中，共享着年夜饭，小酒杯散发出浓浓的亲情和年味儿。年夜的饭不能吃完，总要留一点“隔年饭”到新年吃，取的是“年年有余”的好意头。

饭后，我们帮着母亲和婶婶把灌满煤油点亮了的小煤油灯和用碟盛上的红糖块，摆放上神台上，同时，还在神台的两边摆上几根生蒜，寓意“新年好打算”。然后一大家人坐在大厅里，开始闲聊。这时，大人们开始给小孩子发压岁钱，钱不多，仅有一两毛钱，虽然隔了一宿两宿又要交回给母亲，我也很高兴。大人们说着各种话题的话儿。有议论着所见所闻的，有讲述祖宗历史的，有谈生产生活事情的，漫无边际，无所不谈。我们这些小孩则在大人之间走来走去，昏黄的灯光把我们的身影拉得长短不一。那时候人们生活相当贫穷，一家人围在一起闲聊，中间既没有茶水或饮料提神，也没有花生、瓜子、糖果什么的来消遣。但在这送旧迎新之际，难得一家子聚得那么齐，烦琐的事情全部被放下，大家回顾过去，展望来年，多有益啊。玩着，听着大人聊着，渐渐的我就在母亲的怀里睡着了。大人们为什么要通宵地聊着我并不知道。我渐渐长大后，母亲就告诉我，除夕夜要守岁，从今年守到明年，以求得年年有食，岁岁平安。

从母亲和长辈一年接着一年的言传身教中，我懂得了守岁这个习俗。所谓守岁，就是除夕夜，一家人通宵不睡，围在一起闲聊。长大了，读的书多了，渐渐了解了守岁这一习俗并不是我们家乡才有，而是整个中华民族共同拥有，它是华夏文明的一个组成部分，它也起了维系民族认同和团结的作用。

“一夜连双岁，五更分二年。”守岁这一习俗流传至今，历史悠久，但具体始于何时我却不得而知。《东京梦华录》记载：“除夕……士庶之家，围炉而坐，达旦不寐，谓之守岁。”“围炉而坐”这可能是北方的情景，“达旦不寐”却是南北方守岁都一样的。“儿童强不睡，相守夜欢哗”就是大文豪苏轼笔下的守岁情景。

虽然没有权威史书记载守岁这事儿，但历史上文人学士留下来的咏守岁的诗作却不少。唐朝一代明君李世民就作有《守岁》诗，诗的最后两句云：共欢新故岁，迎送一宵中。这两句诗写出了守岁辞旧迎新的意义。

守岁这一习俗现在还在延续着，而且来得比过去更盛，内容也更丰富。随着人民生活水平的迅速提高，明亮的电灯代替了昏暗的煤油灯，欢声笑语洋溢在亮堂堂的楼房里，有茶水，有饮料，有水果，有糖果点心。小孩子玩个通宵达旦也不困，大人则天南海北，国内国际，读书创业，农耕打工，投资贸易，谈个通宵也谈不完。旧岁连着新年，幸福连着欢乐，天亮之后，又是一个明媚的春天。自 20 世纪 80 年代起，守岁有了更新的内容，全国人民享受着中央电视台奉献的文化大餐——春节联欢晚会。九州百姓，观赏着春晚，共同守岁，迎接新年钟声的敲响，共同迈进新的时代。

年丰岁稔，年年大有。犬奔豕欢，除夕已到。万家团圆，欢乐今宵。愿我们的祖国繁荣昌盛，中华民族兴旺发达！

心怀众人福

黄福全先生是位民警，由于职业不同，我们原不认识。近两年因诗文结缘，我们成了朋友。

初识黄先生，就听一位老朋友说，他古道热肠，乐于助人，是大家的福星，云云。

黄先生热心为人的秉性，我在认识他不久，就感受到了。一次，我到赤坎开会，坐公交车到会展中心就不知往左还是往右走了。我给黄先生打电话问路，他说："你就在车站稍等，我就到。"一会儿，他果真开着车来了。他二话不说，直接就把我送到会场。还说，开完会给他电话，他要送我回去。我连声道谢的同时，初识了黄先生的古热心肠。此回不久，我坐他的顺风车到乾塘采风，半路上我接到一位同村人的电话，询问办理消防手续的事。我不假思索地回答："不清楚。"——我实在不清楚。驾着车的黄先生听到了，马上说："你叫他等等，下午告诉他。"他的热心，衬出了我的冷漠，他把我的事当作他的事，急人所难，真难得。果然，到了下午，不知道怎样打听，他就将办消防手续的事情了解得清清楚楚——地点在哪，需准备些什么材料，找谁办，联系电话多少。得到他提供的信息，第二天，村人便顺顺利利把事情办完，打电话谢我。我说，是一位朋友提供的信息，不要谢我。村人说，你有这样的朋友真有福气！

黄先生具有一颗为人“造福”之心。听那位老朋友说，黄先生原来不叫“福全”，他加入公安队伍后，决心在本职岗位上好好工作，造福百姓，以“福”人来“福”己，于是将名字改为现名。

他在本职工作范围内为人民之福勤恳地工作着。同时，本着一颗“福心”，在业余时间，他也呕心沥血地想着为大众的幸福人生做些什么。于是，他穷三个月的宝贵时间，埋头书堆，翻书找典，采精撷英，编成了这本《幸福人生宝典》。这本书是他为民造福的具体体现，也是人生要幸福的“宝典”。

当这本书摆上了我的案头，初始，我有点不以为意。后来，黄先生叫我看看，并请我能不能为此书写几句话，于是我便认真的看起来。一看，我就有种全新的感受，忍不住一口气把它看完。它不同于那些业务书籍，有高深的理论；也不同于那些文艺作品，令人激情满怀。它直接与我们的日常生活、言行举止、修身立德有关，指导着我们的衣食住行，成人长进。读一点，就有一点收获。

我们是唯物主义者，人来到这个世界，就要生活，就要与柴米油盐打交道，就要日求三餐夜求一宿，就要生儿育女与人交往。总而言之，是人，都离不开衣食住行，生老病死。不管他是高官大吏，还是黎庶百姓；也不管他是千万富翁，还是升斗小民。尽管各人对幸福生活的标准不同，追求的层次不同，但追求生活幸福的愿望却是相同的，因为没有谁不希望过上幸福的生活。但是，不少人空有追求幸福生活的美好愿望，却不知道怎样过才是幸福的生活幸福的人生，不知道通过什么途径，才能达到幸福人生的境界。特别是对生活中的许多细节，很多人都不注意而忽略了。比如有人食不厌精，饮食无度；有人纵情声色，烟酒无度；有人睡不依时，苦干无度；有人空有躯壳而无精神，有人富有万金而贫于道德。诸如此类，不一而足，最终都落得个无“福”的结局。为了让大家都能有个幸福的人生，黄先生编了这本书。如何养生保健，如何交友习艺，如何恋爱婚育，如何修身立德，本书都给你提供了许多方法和途径。这些方法和途径，都是科学的，都是实用的，都是易操作的。其中对于修身养性的方法与途径，更具有哲理性和正能量，读之受益匪浅。具体的内容，我就不在此一一罗列，读者诸君，可以慢慢阅读，好好享受。

黄先生编写了这本《幸福人生宝典》，字里行间，体现了他的一片“福”心。他做了一件很有益很实用的事，我祝贺他，也感谢他。

（此是为《幸福人生宝典》一书写的序言）

好诗可歌

——试谈小采的《为酒痴狂》

小采是个很年轻的英语老师，聪明活泼，教学能力很强，是市教研室特聘的兼职教研员。我知道她的文章也写得很好，文若其人，甚至字里行间有点调皮，但我实在不知道她还会写诗。这次无意间看到她的《为酒痴狂》，不觉眼前一亮，她还会写诗？不但会写，而且写得很有特点。

《为酒痴狂》不长，一共才六节三十六句，却写出了一个孤独寂寞借酒消愁者的形象。诗歌写得形象生动，很感动人。

这首诗能有这样的艺术效果，与作者的写作技巧分不开。

这是一首自由诗，作者却不给自己完全“自由”。全诗六节，每节六句，结构非常整齐。作者在表现手法上，借助了一些古典诗词的手法，常用意象和典故来表情达意，收到了很好的艺术效果。例如月亮，在古典诗词里常用来烘托情思，也蕴含着边人的悲愁。如“回乐烽前沙似雪，受降城外月如霜”“秦时明月汉时关，万里长征人未还”等句，前含悲亢幽怨，后有悲壮雄浑，而此首小诗，第二节首句即写月的“孤悬”，紧伴着“茕立”的街灯，孤独寂寞之形象跃然纸上。此外“陈酒”“屈原”“李白”等意象也有同样的效果，此不多做分析。另外，一些典故作者也信手拈来，如“金风柔雨”（化自“金风玉露”）、“杜康”“高山流水”等，恰如其分地使用，也增加了诗歌的容量和韵味，艺术效果很好。

“我是一个两面派，新诗旧诗我都爱。”我写过几首古体诗，也写过一些新诗，但两样诗都写得不好，特别是新诗很不受人欢迎，重要的原因就是没有节奏，也不讲究结构，读起来没有诗的韵味。说得不好听，就是将散文的句子按诗歌一样分行排列。有时候为了追求所谓的警句格言的效果，完全丢了节奏，读起来很拗口。而《为酒痴狂》这首诗完全不是这样。作者很注意把握诗歌的节奏，令人读起来感到很流畅。这首诗和那些长短句的词很相像，读起来很有词的感觉和韵律。可以说，这首诗融合了新诗和古体诗的元素，在结构和节奏方面下足了功夫。

我认为，不管新诗旧诗，它们既要讲究节奏，又要讲究韵律。诗歌起源于劳动，那“哼哼哟哟”的声音，既有节奏，又是最原始的音乐。音乐性，这应该是诗歌不可缺少的元素。“诗”常常和“歌”连在一起，称之为“诗歌”。事实上，自古以来，诗歌就是需要吟唱的，尤其好诗可唱。特别是“诗余”的词，一开始更是用来“填”进曲子里供人歌唱的，只是后来才慢慢变成了文人专门创作的一种诗歌体裁。因此，诗歌怎能离开音乐性呢？要使诗歌具有音乐性，那就要讲究押韵。《为酒痴狂》这首自由诗，就很有音乐性，也就是押大致相同的韵，如第一节的“手”“酒”“愁”（其他节也如此，第二节含两韵，也算是）。押了韵，音乐感就强了，也才更像诗了。作者带着“脚镣”跳舞，并没有影响“舞蹈”的内容艺术美，而因为具备了音乐性而更使“舞蹈”耐看了，甚至令人欲足之蹈之，手之舞之，口之歌之。

这首小诗，固然可以挑出一些不足之处来，但作为首次见于文艺刊物的处女之作，也就不必苛求了，读者诸君然否？

小采“一鸣惊人”，充分显示了她作为诗人的潜质。我希望她多创作出优秀的诗歌，为《海东文艺》这个百花园多增添几缕芳香。

我是一个不会作诗的人，因喜欢这首小诗而说了上述一些话，不知对否，请大家批评。

文海拾贝

——湛江地区传统读物《杂字本释读》简介

8月24日，《湛江日报》刊载陈祥胜先生《濒临消失，堪比〈幼学琼林〉》一文，我读后甚感兴趣，很佩服陈先生挖掘保护本土传统读物的精神。看完陈先生的文章，我不由得想起了案头的一本本土读物。这本读物里面的《杂字本》，因为一位热心老干部的努力，不至于像《日用杂字》那样处于“濒临消失”的境地，以至于宝贝得“只能翻阅，不能借阅”。

我案头的这本本土读物，名叫《杂字本释读》，编撰者为杨文海。

杨文海先生长期从事文字工作，一生爱好文学，学识深厚，被称为“坡头区一支笔”，退休前是坡头区信访办公室主任。“为了使《杂字本》不致失传；为了勘误订正，防止以讹传讹；为了传播知识，德荫后学”（杨文海语），他花了两年时间，研读了流传于湛江地区民间的读物《杂字本》，然后在“释读”方面下功夫，先后参阅和利用《辞海》《辞源》《现代汉语词典》《新华字典》《康熙字典》《广州音字典》《语言文字规范手册》等七种工具书，还查阅了有关的《方志》《地名志》史料、地图、文集汇编等资料，对《杂字本》原作分为三十二类的常用字修订重抄增改为三十八类，编撰成《杂字本释读》一书。这是一本非常珍贵的书，它是由杨文海先生用毛笔（杂字部分）和硬笔（释读部分）手抄后印制而成的。这本书为32开本共90页30000字，1996年12月第一次印刷，印数1000册。编辑出版单位是湛江市文联，责任编辑为时任市文联副秘书长庞春燕，封面设计为王志乐。（96）湛印准字第165号，印刷单位是湛江市第十三中学印刷厂。

《杂字本释读》主要包括两部分，一是《杂字本》，二是释读。

《杂字本》共收字3520个，由杨文海先生用毛笔以标准繁体字抄写而成，每个繁体字旁又加注简体字。

《杂字本》以五言体写成，押韵，使读者易读易记易背诵。《杂字本》的内容不仅包含天文地理等自然科学知识，还具备语言、文学、伦理、道德、典故等方面的知识，很有实用价值。读者可以从各类字中方便地查找到所需用的字。如“地理篇”中介绍广东的行政区域划分时，说：“广东下四府，高（州）雷（州）与廉（州）琼（州）；……广（州）肇（庆）南（雄）潮（州）惠（州），韶（州）连共六城。十州分绣壤，合是广东称。”非常简练地介绍了历史上广东的上六府下四府。又如“农事”类：“葵篷簑笠戴，耙拨担竿擎；锹钹犁耙轭，耰锄铲䥽耘；……篾索绳箍荻，枪镰宰割平；……秕糠飏截净，干湿晒鲜明；粘糯三秕稴，田稴白壳分；打量升斗石，硬软箩箩屯；箪簟篮篝笪，筲箕扫把新；磨时舂碓捣，筛簸脱糠尘。”看到这里，我小时候听到的看到的农具、稻种、用具的名称，就跟具体的字对上号了。因此，它既可作为儿童启蒙识字、增长知识的辅导读本，又可作为传播科学与伦理道德知识、弘扬我国传统文化和传统美德的通俗读物。

这本书用的语言非常吻合吴川方言，杨先生推断：“（《杂字本》）原作者是广东吴川籍的清代儒生”。正源于此，原籍化州杨梅的杨先生在注音时“以广州方言的读音为主”。

《杂字本释读》第二部分是释读，为杨文海先生所作。释读部分杨先生按《杂字本》的顺序和分类，逐条逐句进行注音、释义（包括字、词、句、典故的释义），释义翔实，注意选择适合《杂字本》语言环境的义项，以帮助读者顺利阅读《杂字本》。释读部分共计502条，约24000字（未含前言和后记）。

可以说，杨文海先生为挖掘、保存、整理和推广本地传统文化，花了大量的心血，做了一件功德无量的很有意义的工作，使《杂字本》这一有一百多年历史的本土通俗读物能够保存下来。杨文海先生现在在广州和女儿一起生活，尽享天伦之乐。

从竹棚学校到国家级示范性高中

（报告文学）

当亿万人民以满腔的热情，以实际行动迎接日历牌上“十·一”这最红的一页时，我想起了34年前的8月21日，那一天的《湛江日报》登载了一个不足80字的小消息：坡头区第一中学破土兴建。这个消息，等于宣告了教育战线一个新生儿诞生了！

是的，一个教育新生儿诞生了。但他孕育得如此短暂，早产得如此匆忙。因为新学校“破土兴建”消息公布的这一天，离法定开学时间只有10天。

作为一个市辖区，坡头区于1984年9月从郊区析出。一个新区成立后，大家可想而知有多少急迫的事情要做。但在这百业待兴的时候，坡头区委区政府把教育的事情提上了议事日程，要兴建区的第一中学。我不知道区委常委和区长们开了多少次会，也不知是哪一次会议做出了兴办坡头区第一中学的决定，只是看了报纸上这一消息，就知道区委区政府对教育是何等重视，但不知道这一个不惹人注意的消息，竟然和我后30多年的工作有着如此密切的关系。

消息公布后两三天，我被正式通知调到坡头区一中工作。30日，我来到了完全陌生的学校所在地南调，开始了创办学校的艰苦的“开荒牛”工作。

学校位于北山村和南调路之间，面积20亩，除去留作道路的地方，实际面积约为16亩。离开学时间太紧了，再加上区政府只从羞涩的囊中拨来20万元，学校只能搭建竹棚作校舍开学。那一个夏天，连续下了两个月的雨，到处一片泥泞。学校筹办组叫来推土机想将校址推平，但推土机却陷于烂泥中，动弹不得，工程大受影响，连竹棚也还没搭建好。开学的时间如期而至，学校只能借对面隔着南调路的建筑公司第三工区的工棚给师生住。

来到学校的第一天，我们就投入紧张的开学准备工作中。第一件事就是买床板，以迎接高、初中两个班学生的到来。同时，到市新华书店要课本，因为我们预先没订到课本，新华书店的同志就主动跟全市各个学校联系，为我们找齐了课本。9月1日，床板运回来了，没有床架，师生们和家长一起动手，把床板直接铺在工棚里湿漉漉的地板上，这就是学生最初的床。师生都吃住在工棚里，老师没有办公桌、办公椅，拿砖块在架床上叠起来当办公桌，我为学校写的第一份工作计划，就是在砖“桌”上完成的。

9月2日，学校历史上第一次开学典礼就在校址内一个土丘上召开，师生们蹲在地上参加了会议。然后按时上课。上午的课是站着在竹棚内上完的，因为没有课桌凳。下午，从龙头中学要来了一些桌凳，又从南油研究院借来了一批课桌凳，第二天，同学们才能坐着上课，竹棚中学才算正式运转。现在回想起来，那是一个多么艰难的开头！一间区级的重点中学，在一无所有的情况下，从老师报到，到正式开学上课，仅用了三天时间，这可能在世界上也绝无仅有。可喜的是，师生们毫无怨言，乐观以对，充满着蓬勃的朝气。从开学第一天起，学校就奠定了艰苦奋斗勤俭建校的精神！

建校和开学几乎同步进行，一切都处于困难之中，甚至连个厕所洗澡房也没有，一百多号人的生活多么艰难啊！更何况他们还要肩负着教与学的重任。11位教职员工，一百多学生似乎特别能吃苦。每天早晨六点钟，大家就起床，匆匆吃完早餐，就到对面的竹棚去上课，大家学习的劲头可高了。早操、早读、上课、晚修，按时作息，教育教学秩序非常正常，学校一开办就处在一个高起点上。

不到一个月的时间，竹棚全部搭建好了，棚顶和墙壁，就是用竹片夹着沥青纸扎成的；作师生厨房的砖瓦房也建好了，师生们就从三工区那边搬到学校来。大家上课和睡觉全都在竹棚里，我全家住的竹棚有12平方米。

在这么个竹棚学校生活教学可真不容易。棚顶和墙壁的沥青纸吸热功能好，盛夏人在里面就像在蒸笼里，汗湿衣衫。竹棚扎得不好的地方会漏雨，东西南北风则很容易钻进来，寒冬里，冷得够呛。学校东面已建起一条马路，马路高出学校一米多，一到下雨，水就灌到学校来，校园就成了泽国。于是，就有人幽默地说，我们处于"水深火热"之中。每次听到台风的消息，师生们就撤到附近的供电局躲避。就是这么一间简陋的学校，因为良好的校风学风而成为众多学子向往的地方，初中班由一开始的40多人不久就扩大到70人。当第一届高中班毕业参加高考时，就有4位学生考上了大中专学校，打破了建区以来我区学校高考零上线的记录。

学校在发展，第二年招了三个班，第三年又招了两个班，可是连竹棚校舍也没有了，有些班就要到教育局、三工区和新建的坡头区一小上课。当时又有人幽默地说，坡头区有多大，一中就有多大。16亩地，实在办不了一间中学。

作为"开荒牛"的首任校长韦望途先生，从登陆坡头区的第一天起，就志存高远，胸有蓝图，"野心"不小，提出要把一中办成花园式的粤西名校。而眼前只有十几亩地，连办一间小学也不够，更别说花园式中学了。于是，在办学当年他就力主搬迁学校。

搬校谈何容易！但韦校长不怕困难，努力推进此事。

在千辛万苦中，一幢教学大楼、两幢师生宿舍于1986年开始破土动工了。其间风风雨雨、坎坎坷坷，多少难堪，多少辛劳，多少个不眠之夜，真是不堪回首，难于言表。

学校在风雨飘摇中度过了四年，竹棚再也顶不住风雨的侵蚀，学校终于在1989年秋季搬到了现址——鲤鱼岭，虽然1986年动工的三座大楼还没完成一半的工程量。

面朝大海，春暖花开。90亩的新校址，西南面濒临湛江海湾，海浪拍打着校园挡土墙，海湾里百舸争渡；东面是数百亩的大水塘，水面波光粼粼，鱼跃鸥飞；其余两面则是绿野相绕，稻浪滚滚。好一块风水宝地，真是办学的好地方。虽然学校还谈不上初具规模，但展现了勃勃生机，无限前景。

学校在艰难中发展，规模在一年年扩大，当年学校还没搬迁过来时师生就到新校址种下的小树苗已经长得枝繁叶茂，给学校增添了勃勃生机。没完工的大楼盖好了，新的大楼也一幢幢在筹建，饭堂建起来了，道路修好了，图书设备也有了。学生多了，教师多了，到1999年，学生已达1500多人，一间中学已初具规模。学校的管理逐步规范，各项管理制度建立起来。20世纪90年代整间学校充满勃勃生机，教育教学质量大提高，成了全区学校的“领头羊”，高考进入全市先进行列，1994年、1995年、1998年、1999年先后被评为湛江市“高考先进单位”。学校如一艘蓄势待发的航船，正扬起风帆，向更高的目标进发。

进入21世纪，坡头区一中就像一列高速列车，进入到高速发展的时期。科学楼、新的教学大楼、新的宿舍大楼先后建起来了，学校规模迅速扩大，到2004年，在校学生已达2400人，其中，高中在校生为1700多人。教育教学质量大幅度提高，高考连年报捷，2004年高考，全市综合排名第六，地理科平均分居全市第一，还出了一位地理科全省状元。从1998年始，年年被评为市的“高考先进单位”。

2004年下半年，新的目标招引着这所年轻的学校，韦校长花园式粤西名校的理想摆上了实现的日程，彻底提升学校档次的四年三次大评估拉开了帷幕。

新学年开始后，学校向省政府教育督导室申报广东省一级学校。为了做好迎评工作，学校对校园进行了规划，并按经过市审批的规划对校园进行整改。拆除了一些不合时宜的建筑物，修建了一个面积达5100平方米的“金鲤广场”，修建了一个小公园，拓宽了校道，修建了排水系统，广植花草树木，绿化美化校园。同时加大力气狠抓校风学风建设，努力提高教育教学质量，以最好的状态，最优的质量，迎接省督导室评估组的到来。2005年5月26—28日，评估组一行7人到坡头区一中进行广东省一级学校评估。经过三天的紧张工作，评估组对学校的申报工作给予很高的评价，初步通过了坡头区一中的广东省一级学校的申报，报省教育厅批准。2005年7月25日，广东省教育厅正式批准坡头区一中为广东省一级学校。

广东省一级学校的申报和迎评，有力地促进了学校各方面的管理和教育教学水平的迅速提高。当年（2005年）高考，综合排名列全市第五位，共有233人上本科录取线，其中应届生本科上线率达44.6%，仅次于湛江一中、市二中名列四区学校第三位。所有科目平均分均进入全市前十位，其中语文、政治、历史科平均分分列第四名。2006年高考又有新进步，上本科录取分数线增加到324人。坡头区一中高考水平的迅速提高，引起了全市的关注，《湛江日报》记者专门到学校来采访，称赞坡头区一中（教学）是低进（录取分数低）高出（高考成绩高）的学校，并于2006年9月12日写出长篇通讯《坡头一中高考实现“三级跳”》进行报道。

成为广东省一级学校后，学校又确定更高的目标，那就是要把学校建设成为广东省国家级示范性高中。要成为这样的学校谈何容易！湛江市在当年也仅有两间省、市重点中学获此殊荣。

但坡头区一中人，就有这种豪气，这种精神，要做出有“示范”性的业绩来。

要成为“国家级示范性高中”，有几个基本条件：一是“广东省普通高中教学水平优秀学校”；二是校园面积达到120亩；三是每级要达到20个教学班。为此，学校按照条件开始细致的准备工作。

学校进一步加强教育教学管理，把教育教学每一个环节抓好抓实。然后正式向省政府教育督导室申报“广东省普通高中教学水平优秀学校”。2007

年 6 月 25 日，坡头区一中作为全市第一间受评学校接受省评估组的评估。评估组一行 11 人经过 3 天认真紧张的工作，对学校的高中教学工作打出了高分，给予了很高的评价，评定为“优秀”等次。2008 年 3 月 19 日省教育厅正式批准坡头区第一中学为“广东省普通高中教学水平优秀学校”。

之后，学校正式向省督导室申报广东省国家级示范性普通高中，并根据国家级示范性高中的标准进行认真准备。在周边群众的支持下，学校顺利征下 70 亩地，使校园面积达到 160 亩。继续进行高中扩招，每年招生超过 20 个班。大力改善办学条件，加强校园文化建设。经过一番艰苦的准备，终于在 2008 年 4 月 17 日至 19 日接受省国家级示范性普通高中评估组（11 人）到来督导评估。学校艰苦奋斗勤俭建校的精神，良好的校风学风，漂亮的校容校貌，“低进高出”的教学质量，浓厚的校园文化氛围，给评估组留下了深刻的印象，学校以高分顺利通过了广东省国家级示范性普通高中的初期督导评估。2010 年再经终期评估验收，学校于 2011 年 1 月被评为“广东省国家级示范性普通高中”，成为湛江市第五所获此殊荣的学校。

一路走来，困难重重，在党和政府的正确领导和大力支持下，经师生们 30 多年的艰苦拼搏，坡头区一中由一间竹棚学校蜕变成国家级示范性高中，创造了了湛江市教育史上又一个奇迹！

鲤鱼岭下，碧水滔滔奔腾不息；鲤鱼岭上，春风荡漾桃李芬芳。粤西名校坡头区一中，充满着勃勃生机，展现出更加美好的前景。师生们正用自己的青春和热血，书写着更加美好的教育篇章。

朝阳又从东方升起，全新的一天又开始了。听，嘹亮的《坡头区一中之歌》又在海湾之滨响起：

“青春的波涛奔腾在湛江海湾，
理想的灯塔闪耀在烟楼村旁，
优秀的儿女汇聚在鲤鱼岭上，
莘莘学子肩负着人民的希望。
……

啊，坡头区一中，
我们成长的摇篮；
啊，坡头区一中，
我们将从这里展翅飞翔。”

后记

2018年，我才出版了散文作品选集《晓阁文踪》，本不准备这么短时间又出集子的，但2020年适逢我的“古稀之年”，又因上次出版的是选集，有一些文章没编入，这两年又陆陆续续写了一些文章，还是出于“敝帚自珍”的目的，所以，便编辑这本集子。

虽不能将这本集子称之为选集，但也“割爱”了一些文章，留下76篇，编成这本小集子。我生在海岛，学习工作在海边，跟海有缘，大半辈子吹着海风，于是把集子命名为《海风轻飏》。

这本集子的出版，也像过去那样，得到了湛江市坡头区文联和朋友们的大力支持。特别是我所敬重的学长、广东省作家协会会员、广东省委原副秘书长曹南才先生听到我的集子准备出版后，很快就为我写来了本书的序言，其情深意切令我十分感动。湛江国联公司总经理陈汉先生和广州鸿盛置业集团有限公司董事长黄田生先生，以及老朋友陈汉北先生，知道我要出书后，也马上在经费上给予大力的支持。在此，我衷心地向有关领导和朋友们表示深深的谢意！

我本是一个教书匠，出于爱好，平时也写写文章，特别是退休后，时间充裕了，写的就多了点，所以才有出版集子的基础和条件。但我始终不是专业作家，水平有限，书中有错漏在所难免，敬请大家阅读时不吝指教。谢谢！

作　者